UN DÉMON ET SA FURIE

BIENVENUE EN ENFER 2

EVE LANGLAIS

Copyright © 2021 Eve Langlais

Couverture réalisée par Dreams2Media © 2021

Traduit par Adeline Nevo et Valentin Translation

Produit au Canada

Publié par Eve Langlais

http://www.EveLanglais.com

ISBN livre électronique: 978-1-77384-295 0

ISBN livre papier : 978-1-77384-296 7

Tous Droits Réservés

Ce roman est une œuvre de fiction et les personnages, les événements et les dialogues de ce récit sont le fruit de l'imagination de l'auteure et ne doivent pas être interprétés comme étant réels. Toute ressemblance avec des événements ou des personnes, vivantes ou décédées, est une pure coïncidence. Aucune partie de ce livre ne peut être reproduite ou partagée, sous quelque forme et par quelque moyen que ce soit, électronique ou papier, y compris, sans toutefois s'y limiter, copie numérique, partage de fichiers, enregistrement audio, courrier électronique et impression papier, sans l'autorisation écrite de l'auteure.

PROLOGUE

Attachée à la robuste chaise en bois — et vêtue d'une ravissante tenue deux pièces à rayures noires et blanches —, le crâne rasé et luisant, Katie gloussa en balançant ses pieds.

— Oups. Tu m'as manquée. Encore une fois, chanta-t-elle.

À quelques minutes de son exécution, le ventre plein de son dernier repas — poulet frit, purée de pommes de terre, sauce et biscuits, mmh — elle était déterminée à s'amuser jusqu'au bout.

— Ne bouge pas, lança le directeur en agrippant ses membres qui s'agitaient.

Comme si elle allait se mettre à écouter maintenant, et un imbécile pompeux qui plus est. Ça faisait trois ans qu'elle s'opposait à son geôlier : un connard arrogant qui se faisait un devoir de lui rendre une visite quotidienne et de compter les jours jusqu'à sa mort. Dès qu'elle le pourrait, elle lui ferait regretter de ne pas l'avoir traitée plus gentiment. Mais pourquoi attendre ?

Balançant ses pieds couverts de fines chaussettes, elle cogna son geôlier sous le menton et entendit sa mâchoire claquer avec un bruit sec. Elle trouva ses yeux larmoyants très amusants, mais le directeur non. Il n'avait jamais eu beaucoup d'humour de toute façon, même le jour où elle avait peint des visages de clowns — qui lui ressemblaient remarquablement jusqu'à leurs yeux globuleux et leurs nez tordus — dans sa cellule en utilisant le sang du gardien qui s'était imaginé qu'elle accueillerait ses mains baladeuses avec joie. Stupide directeur ; il ne comprenait pas son don pour faire rire. Quel trouble-fête.

Le visage rouge et les yeux plissés d'agacement, le directeur claqua des doigts et deux mâles costauds s'avancèrent.

— Oh, un quatuor. Comme c'est coquin ! s'exclama-t-elle.

— Tenez-la !

Il fallut les deux gardes pour immobiliser ses jambes sur la chaise — ce qui était moins que les six qu'il avait fallu pour la faire monter dessus tout à l'heure. Donnez-lui un couteau, même petit, et ils n'y seraient même pas parvenus.

Affichant un sourire satisfait, le directeur attacha les lanières de cuir restantes autour d'elle.

— Ris autant que tu veux. Il n'y a pas d'échappatoire cette fois, Katie.

— C'est ce que tu crois.

Trop mignon. Il pâlissait même en pensant avoir le dessus. Avoir la réputation de pouvoir faire l'impossible n'était pas rien.

Immobilisée — car complètement attachée : tête, bras, jambes et même les genoux —, elle jeta un coup d'œil dans la pièce. Baaarbant ! Du ciment gris, des tuyaux exposés et des ampoules nues suspendues à des fils. Franchement, étant donné que les activités de cette salle attiraient du public, on aurait cru qu'ils feraient un effort pour la décoration.

Sa chaise — un trône en bois réservé aux pires des pires, un titre pour lequel elle avait travaillé dur — était finalement la chose la plus intéressante. Beaucoup de personnes célèbres s'y étaient assises et étaient mortes dessus. Mais aucune aussi mignonne qu'elle, bien sûr.

Un câble épais — qui allait bientôt la mettre face à son destin — serpentait depuis un panneau sur le mur. Arrivé à la chaîne, le cordon volumineux se divisait en plusieurs fils plus petits, qui à leur tour conduisaient à des électrodes attachées à son corps. Actuellement éteint, le rappel physique de sa mort imminente ne retint pas son attention très longtemps. Son regard se promena à nouveau dans la salle, et elle sourit en remarquant les hommes en sueur bordant la pièce, qui évitaient son regard. Les mauviettes.

— Quoi ? Pas de baiser d'adieu avant d'appuyer sur l'interrupteur ? demanda-t-elle d'une voix innocente.

Le directeur et son personnel savaient qu'il ne

fallait pas répondre à ses provocations. Mais ce n'était pas le cas du nouveau médecin qu'ils avaient fait venir. Son regard à lunettes croisa le sien et elle lui fit un clin d'œil.

— Pas touche à mes parties intimes une fois qu'ils m'auront fait griller, doc, sinon je pourrais revenir vous hanter.

— Je ne ferais jamais ça, bégaya-t-il.

— Pourquoi pas ? demanda-t-elle avec un large sourire. Je ne suis pas assez jolie ? Tous les garçons que j'ai connus dans ma jeunesse pensaient le contraire... et aussi les gardiens. Bien sûr, ils ne voudront jamais l'admettre, dit-elle avant de baisser la voix. Je les ai en quelque sorte tués. Mais tu as l'air sympa. Tu veux donner un dernier baiser à une condamnée ?

— Je... euh...

Katie rit en le voyant rougir.

— Tu vas te taire ? siffla le directeur. Ce n'est pas un jeu. Tu es à quelques minutes de la mort. Tu devrais réfléchir à tes crimes et à ce que tu as fait pour mériter cette punition.

Ses crimes ? Elle gloussa encore plus fort.

— Ce n'est pas un crime de tuer les méchants. Et on peut dire que j'en ai tué pas mal.

Les lèvres serrées, le directeur se détourna sans lui répondre. Personne ne le faisait jamais, d'ailleurs. Personne ne voulait jamais admettre qu'elle avait rendu service à l'humanité en éliminant les méchants qui croyaient pouvoir faire du mal aux innocents.

Je ne suis qu'une pauvre héroïne incomprise, avec un grand sourire – et des techniques de tueuse, songea-t-elle en ricanant.

Quelqu'un tira sur une corde et le rideau poussiéreux se retira pour dévoiler une grande fenêtre et… oh, surprise, un public attendait derrière. Les sièges étaient pleins à craquer, hommes et femmes chuchotant et gloussant en attendant avec une joie malsaine de la voir se trémousser comme un insecte sur une plaque chauffante.

Elle leur tira la langue.

— As-tu des dernières paroles de remords à partager ? demanda le directeur, les dents serrées.

Dernières paroles ? Elle regarda le prêtre qui se signa avant de détourner le regard. L'idiot voulait qu'elle confesse ses péchés et se repente, mais la seule chose qu'elle regrettait était de s'être fait prendre avant d'en avoir tué davantage.

— Merci à vous tous d'être venus. Je suis sûre que vous applaudissez en silence ce que vous considérez comme ma disparition imminente. Et je sais que certains d'entre vous m'imaginent nue. Pervers. À vous tous, je dis…

Elle marqua une pause pour faire son petit effet et jeta un coup d'œil dans l'assemblée pour croiser le regard de ceux qui en avaient le courage.

— J'ai hâte de vous revoir en enfer ! Allez vous faire foutre, enfoirés de…

Des milliers de volts d'électricité la percutèrent, lui claquant les dents tandis que son corps était pris de tremblements. Mais même dans la douleur et sur le point de rencontrer son créateur, elle ne put s'empêcher d'étouffer un rire sifflant. Elle mourut en hurlant. Gloussant tandis que son esprit passait dans l'autre monde. Pouffant de rire alors qu'elle prenait le bateau dirigé par le très célèbre Charon à travers le Styx vers son nouveau monde et sa nouvelle vie. En arrivant sur la rive du cercle le plus intime de l'enfer, son hilarité s'estompa enfin.

Une métropole tentaculaire s'étendait devant elle : des murs de pierres et de briques tachés par la pluie de cendre qui tombait avec légèreté. Elle huma et fronça le nez en respirant l'odeur puante du soufre. Sa tenue de prison deux pièces lui collait déjà à la peau sous l'effet de chaleur dans la Fosse.

— Ahem.

Dérangée dans sa contemplation de l'enfer, Katie se retourna pour voir qui réclamait son attention.

Un homme distingué aux tempes argentées et aux yeux de feu l'attendait sur le quai d'amarrage. Il lui tendit une main ferme qu'elle prit pour descendre du bateau.

— Bienvenue en enfer, très chère Katie. Tu étais attendue avec impatience.

En regardant Satan et son sourire empli d'une chaleur authentique, sa présence lui parut comme un baume apaisant après une vie passée à se cacher ou à chasser, et elle se détendit.

— C'est génial d'être enfin ici.

Et c'était vrai, parce qu'en tant que nouveau membre de la légion de Lucifer — elle s'était assurée d'avoir sa place en signant ce contrat dans le sang il y a des années — elle pouvait faire ce qu'elle faisait de mieux : tuer les indignes.

Son sourire se transforma à nouveau en rire, mais cette fois, elle ne rit pas seule.

1

Un gloussement léger et joyeux lui parvint d'en haut, telle la promesse d'une diablerie.

Xaphan l'ignora. Dans le château de Lucifer, des bruits étranges se produisaient tout le temps. Mais il s'était habitué à la folie qui y régnait et préférait de loin l'éviter les rares fois où il devait y passer. Prendre part à tout cela n'était vraiment pas son truc. D'ailleurs, il avait rendez-vous avec son seigneur, et il détestait être en retard.

Le rire aigu se rapprocha, accompagné d'un exubérant « Whee ! », faisant écho dans l'escalier en colimaçon. Un étrange bruissement s'ajouta au gloussement joyeux et Xaphan leva finalement les yeux à temps pour voir le spectacle le plus étrange jamais vu.

Une femme, vêtue d'un short en jean à la coupe indécente et d'un chemisier rose noué sous la poitrine qui laissait voir un nombril arrondi où brillait un piercing, dévalait la rampe en surfant et en balançant les bras. Elle sauta par-dessus le pilastre qui marquait le palier du deuxième étage et leva un pied avant de recouvrer un équilibre précaire tandis que sa vitesse augmentait de plus en plus.

— Oh oh, s'exclama-t-elle en vacillant, les yeux écarquillés et ses longues couettes blondes voletant dans les airs.

Xaphan soupira. *Une folle.* Il se détourna, nullement désireux d'être témoin de l'accident, mais se retourna à son cri :

— Attrape-moi !

Levant son pied qui restait encore sur la rampe, la furie blonde fonça droit sur lui.

— C'est quoi ce bordel ?

Soixante-douze kilos — un poids qu'il connaissait bien grâce à ses séances d'endurance et de renforcement musculaire — de femme riante le frappa de plein fouet. Elle enroula ses jambes autour de sa taille et agrippa ses épaules, le tout accompagné d'un cri de joie aigu qui faillit le rendre sourd. Il chancela sous le poids et ses doigts la saisirent automatiquement. Le contact de sa peau douce — remplissant parfaitement ses mains — fit grésiller son corps.

— Yippee, c'était génial ! s'exclama la furie en rebondissant dans ses bras.

— Pour qui ? marmonna-t-il en jonglant, que ça lui plaise ou pas, avec le corps qui se tortillait dans son étreinte.

Un très beau corps avec des seins moelleux qui se pressaient contre son torse, et des fesses pleines faites pour amortir le corps d'un homme qui s'enfonce.

— Belle prise, dit-elle en frottant de manière coquine ses parties intimes contre les siennes.

Elle en voulait à son sexe de manifester plus d'intérêt que ces enfantillages le méritaient.

— Est-ce que j'avais le choix ?

— Un vrai gentleman ne laisse jamais tomber une dame.

Lui, un gentleman ? Que c'était drôle. Mais pas aussi drôle que sa réponse :

— Quelle dame ?

Ses yeux dépareillés le fixèrent, et le bout de sa langue rose pointa pour humecter ses lèvres.

— Bien vu, répliqua-t-elle en gloussant et pas du tout vexée. Mais les femmes aiment bien faire semblant.

Il n'avait rien à répliquer à ça et se contenta de réprimer un sourire.

Elle est folle, mais mignonne.

Et canon, décida-t-il alors qu'elle se trémoussait à nouveau contre lui : une combinaison mortelle pour les hommes disponibles. Heureusement, comme il ne l'était pas, il combattit son attirance... ou du moins essaya. Certaines parties de son corps ne semblaient pas désireuses de coopérer.

Ça ne l'aida pas qu'elle le passe en revue : elle scanna ses traits, puis se pencha pour jeter un œil à son postérieur, et enfin agita ses propres fesses, ce qui exerça une pression sur une partie de lui qui commençait à se gorger de plus sang qu'il ne l'aurait voulu. Il mit aussitôt son incapacité à laisser tomber cette furie au sol sur le compte du manque d'hémoglobine dans son cerveau.

Un scintillement — du genre coquin qui promettait des délices auxquelles il avait renoncé — apparut dans le regard de la femme.

— Enchantée de te rencontrer, beau gosse. Dame ou pas, tu n'es pas content d'être au bon endroit au bon moment ?

— Pas vraiment.

Des mots qui criaient « *mensonge* », vu qu'il ne l'avait pas encore relâchée. C'était de la démence. De la pure démence qu'il attribua à son parfum, une fragrance vanillée qui lui mettait l'eau à la bouche.

Elle sourit à sa réplique sèche et ses yeux se plissèrent de malice.

— Et pourtant tu es si *ferme*, répliqua-t-elle avec un gloussement rauque qui le toucha comme une caresse. Je dois dire, cependant, qu'atterrir sur toi, c'est presque comme toucher le sol. Tout est *dur et solide*.

Elle accentua ses propos par un mouvement qui — même lui pouvait l'admettre à contrecœur — aurait été mieux si elle avait été nue.

Avec un grognement, plus d'agacement contre lui-même que pour ses insinuations narquoises, il la déposa – contre la volonté de son sexe.

— Sois plus prudente. La prochaine fois, il n'y aura peut-être personne pour te rattraper.

— Oui, papa, dit-elle avec un sourire moqueur. Tu veux me punir ?

Elle se tourna et lui présenta ses fesses rondes,

bien en évidence dans son short court qui exposait beaucoup trop de peau crémeuse.

Les choses que je pourrais lui faire dans cette position. Des hanches qui chevauchent... Des corps qui claquent...

Il chassa cette pensée et serra les poings de peur de céder à la tentation et de lui donner ce qu'elle demandait ; une bonne fessée sur ses joues. Mais dans son cas, ce ne serait pas une punition. Les allumeuses comme elle essayaient toujours de tenter les démons, or il savait résister... même s'il pouvait facilement s'imaginer en train d'arracher le petit bout de tissu qui recouvrait son sexe et s'enfoncer en elle pour une bonne partie de jambes en l'air.

Elle secoua ses fesses.

— J'attends, chanta-t-elle.

Tu vas attendre longtemps alors.

Peu intéressé à l'idée de jouer à ce petit jeu malgré son érection, il s'éloigna tandis que le bruit sourd de ses bottes résonnait dans le couloir.

— Hé, grand sombre et ténébreux, où vas-tu ? demanda-t-elle en le rattrapant et sautillant près de lui dans ses baskets Reebok immaculées.

— J'ai rendez-vous avec notre seigneur.

— Ouh ! Tu vas voir le grand patron. Tu as des problèmes ?

— Non.

— C'est pour demander une augmentation ?

— Non.

— Un petit coup rapide entre mecs ?

La question grossière le fit trébucher.

— Certainement pas.

— Alors tu aimes les filles ?

Elle rebondit devant lui et pencha la tête en signe d'interrogation. Il se contenta de la contourner.

— Hé ! Tu ne m'as pas répondu.

— Parce que je t'ignore, lança-t-il. Tu n'as pas un autre démon à embêter ?

— Non.

— Un endroit où aller ?

— Sauf si tu as changé d'avis et que tu veux me mettre sur le bout de ta queue ? Tu es assez grand, je parie que je pourrais me retourner.

— Non !

Oh merde ! Il avait l'image maintenant. Mauvais. Mauvais. Mauvais. La femelle était-elle en partie succube pour le tenter ainsi ? Depuis trois cents ans qu'il était en enfer, jamais il n'avait eu à lutter pour ne pas succomber à l'attirance des femmes qui essayaient constamment de le séduire. Jamais personne n'avait éveillé en lui de telles pensées lubriques. Il en eut honte, ce qui l'irrita.

— Veux-tu bien t'en aller et me laisser seul ?

À sa grande consternation, elle continua de sautiller en accordant ses pas aux siens tout en fredonnant faux. Il savait qu'il valait mieux se taire et s'occuper de ses affaires, mais...

— Pourquoi est-ce que tu me suis ?

— J'ai aussi rendez-vous avec le patron.

Xaphan lui jeta un rapide regard et se demanda ce que Lucifer pouvait bien vouloir à cette créature frivole qui le torturait en refusant de le laisser.

— Tu es sa nouvelle petite amie ?

— Moi ? Oh non. Terre-Mère m'écorcherait vive et m'utiliserait comme engrais si j'osais m'approcher de son homme. Je travaille pour lui.

— En faisant quoi ?

Que pouvait bien faire une blonde comme elle à part se déshabiller et danser devant une barre pendant que des démons lui jetteraient de l'argent ?

— Un peu de tout. Des trucs ennuyeux pour un grand et méchant démon comme toi, dit-elle en battant des cils.

Xaphan renifla avec dédain devant sa tentative pas si subtile de l'amadouer.

— Je ne pense pas t'avoir dit mon nom, dit-elle.

— Parce que je ne te l'ai pas demandé.

Et qu'il s'en fichait. Il avait passé plusieurs centaines d'années sans la rencontrer et il espérait qu'une autre centaine s'écoulerait avant de la revoir, même si elle était la première femme à éveiller en lui une attirance aussi spontanée depuis la perte de son seul et véritable amour. Heureusement, son travail avait tendance à l'envoyer du côté des mortels, donc ses chances de tomber à nouveau sur la furie étaient minces, voire nulles.

— Quel démon poli. Mais je sais que tu meurs d'envie de savoir. Je suis Katie.

— Maintenant que je le sais, je suis sûr que je dormirai mieux ce soir.

— Dormir ? Pas si je suis au lit avec toi.

Elle bondit en avant et lui fit un clin d'œil par-dessus son épaule.

Des images instantanées, charnelles bien sûr,

traversèrent son esprit — de Katie nue au-dessus de lui et de ses seins tremblant pendant qu'elle le chevaucherait. En dessous, les lèvres entrouvertes en signe d'invitation. Penchée…

Il ferma les yeux et se mit à compter en l'ignorant. Du moins, il essaya, mais elle marmonna quelque chose qui le déconcentra.

— Pardon ?

— Tu viens ?

Non, même s'il aurait bien voulu. Hélas, elle ne parlait pas de la version queue-qui-vient, mais de leur arrivée à destination. En voyant la grande porte sculptée du bureau extérieur et salon de son seigneur, Xaphan soupira presque de soulagement et retint une envie de plonger pour se mettre à l'abri de la blonde folle.

— Nous y sommes, annonça-t-elle en frappant dans ses mains.

— Par les Enfers, merci, marmonna-t-il. Si ça ne te dérange pas, je suis en retard pour mon rendez-vous. Au revoir, Katie.

Il pénétra dans le vestibule extérieur en adressant un bref signe de tête à la harpie ridée qui faisait office de secrétaire du seigneur. Elle lui fit signe d'entrer et il se précipita, désireux d'échapper à Katie et ses innombrables questions — et à sa propre étrange réaction à sa présence.

Le bureau de son seigneur était un havre de paix : haut plafond voûté, sol en pierres étincelantes et murs ornés de tapisseries représentant des scènes de batailles épiques. C'était une véritable caverne d'hommes, jusqu'au bureau sculpté à partir de la mâchoire massive d'une créature éteinte depuis longtemps. Derrière la monstruosité en ivoire et les papiers empilés était assis son patron.

Xaphan fit claquer ses talons, au garde-à-vous, et son armure en cuir — alias sa veste de moto renforcée qu'il n'enlevait que pour se baigner ou dormir et qui était bien plus confortable que la cotte de mailles d'autrefois — grinça alors qu'il attendait que Lucifer lève le regard. Le seigneur de la fosse, vêtu de sa tenue de golf composée d'un short à carreaux rouges et noirs et d'une chemise à motifs de flammes, acheva d'écrire et posa sa plume. S'adossant confortablement à sa chaise massive, son patron croisa les mains sur son torse et le regarda avec des yeux étrécis.

— Xaphan, c'est gentil d'être passé.
— Vous me l'avez ordonné, monsieur.
— Effectivement. Et bien sûr, tu as obéi car tu es un démon très bien élevé. J'aime ça chez un soldat. Un changement si rafraîchissant par rapport à certains de mes serviteurs et enfants. Des gamins ingrats. Assieds-toi, mon garçon.

Xaphan prit place dans le grand fauteuil à oreilles face au bureau.

— Alors dis-moi, comment vas-tu ?

Génial. Lucifer était d'humeur bavarde.

— Bien.
— Juste « bien » ? Allons, un beau démon comme toi a sûrement des choses passionnantes à raconter ? Peut-être une nouvelle petite amie ?

Xaphan fronça les sourcils.

— Monseigneur sait que j'ai fait le serment de ne jamais en aimer une autre. Je tiens ma parole.

— Je sais, dit-il d'un ton dégoulinant de dégoût. C'est ce que je déteste le plus chez toi. Mais heureusement, tu compenses cette erreur de caractère par d'autres qualités.

— Merci.

Comme d'habitude, suivre le cheminement tordu des idées de Lucifer s'avérait intéressant. Pourtant, malgré l'étrange logique de son seigneur, Xaphan avait appris au fil des siècles à l'aimer et à le respecter. Bien sûr, il incarnait tout ce qu'il y avait de plus maléfique dans le monde, mais une fois qu'on dépassait le côté Satan, c'était vraiment une personne intéressante et un patron juste, à condition de bien faire son travail.

— Alors écoute, je t'ai appelé pour une bonne raison. J'ai une mission à te confier, une mission très importante que je t'expliquerai à l'arrivée de ton binôme.

— Je travaille seul.

— D'habitude oui, mais pas cette fois. Ne t'inquiète pas. Je suis sûr qu'elle sera un atout là où vous irez.

— Elle ?

Le sentiment de faire naufrage lui serra la poitrine. Non, ça ne pouvait pas être ça.

— Bonjour, patron. Je suis là ! N'êtes-vous pas complètement excité de me voir ? Moi, je le serais. Et regardez qui d'autre est là. Mon nouvel ami, rabat-joie. Salut !

Katie lui fit un signe joyeux de la main tout en souriant à pleines dents.

Xaphan l'ignora. Ou du moins essaya. Il détourna le regard mais son sexe se mit immédiatement au garde-à-vous. Cette partie de son anatomie semblait l'apprécier. Il le corrigerait plus tard — en punition, pas en plaisir, bien sûr.

Un sourire planant sur ses lèvres, Lucifer lui fit signe d'approcher.

— Je vois que tu as rencontré ta partenaire.

— Malheureusement, répondit Xaphan l'air mécontent. Vous voulez que je travaille avec elle ? Vous n'êtes pas sérieux ?

— Oh, mais je le suis, répondit Lucifer avec un sourire face auquel les damnés — du moins les plus intelligents — se mettaient à couvert.

Intelligent ou pas, Xaphan ne céderait pas sans se battre.

— Hors de question. Je ne travaillerai pas avec cette folle.

— Et pourquoi ? demanda-t-elle avec une moue, les mains plantées sur les hanches.

C'était ridiculement mignon et confirmait tout à fait son point de vue.

— Comment es-tu censée m'aider ? Regarde-toi.

Elle baissa les yeux sur elle et fit pivoter ses hanches en essayant de regarder ses propres fesses.

— Ben quoi ? C'est le short ? Je ne l'ai pas assez coupé ? Je n'ai pas mis de culotte pour ne pas avoir de lignes. C'est le soutien-gorge, non ? J'en ai mis un pour que ça ne tremblote pas quand je cours, mais tu as raison. Je vais l'enlever.

Et c'est ce qu'elle fit. Un dandinement, un clin d'œil, un mouvement et, l'instant d'après, un sous-vêtement en dentelle noire lui heurta le visage.

Il le rattrapa, abasourdi.

— Tu es complètement et totalement folle.

— Merci, dit-elle en posant une main sur sa poitrine et en lissant son haut. Je fais de mon mieux.

— C'est vrai, convint Lucifer. C'est pourquoi je pense qu'elle conviendra parfaitement à la tâche que j'ai en tête.

— Je suis la grande gagnante du concours de l'employée de l'année, s'exclama Katie en lançant le poing en l'air.

Avec des sourires démentiels assortis, son patron et la furie se tournèrent vers lui. Xaphan secoua la tête.

— Vous ne pouvez pas être sérieux. Comment suis-je censé travailler avec ça ?

À nouveau distraite, Katie tordit ses cheveux en se mettant à danser au son de la musique qu'elle était la seule à entendre.

— Malgré les apparences, je t'assure qu'elle est très efficace.

— Comment ? demanda Xaphan en regardant Lucifer avec incrédulité. Est-ce que ses rires incessants et ses bavardages irritants poussent ses proies à se suicider ?

— Non, ce sont mes couteaux qui n'arrêtent pas d'atterrir accidentellement dans des corps de démons.

J'ai des problèmes de colère. Mais j'y travaille. Je n'ai tué qu'un seul démon cette semaine.

— J'ai peur de demander pourquoi, marmonna-t-il.

— Il le méritait totalement, rétorqua-t-elle.

— Évidemment, intervint Lucifer d'un ton apaisant. Et même si j'adore ton talent à l'arme blanche, cette fois, au lieu de tuer, tu devras trouver quelque chose.

— Un trésor ? demanda-t-elle en se redressant avec intérêt.

— Non.

— Ton fils perdu depuis longtemps ?

— Non. Je sais où est ce gamin ennuyeux.

— Une bague de fiançailles ?

— Je n'en suis pas encore là, marmonna Lucifer. Gaïa dit que nous devons travailler sur la communication. En attendant, c'est elle qui disparaît à chaque dispute et hurlement.

— Et pourtant il n'y a pas mieux pour une relation de couple qu'une bonne dispute de temps en temps, répondit Katie avec sagesse.

— Je sais. Mais est-ce que Terre-Mère le voit ainsi ? Oh non ! C'est toujours des « dis-moi ce que tu ressens », « à quoi tu penses ? » et bla bla bla, mima-t-il à voix haute.

— Pauvre patron, compatit-elle. Au moins, mon partenaire démon ici présent et moi-même n'aurons pas ce problème. Il a déjà compris la partie hurlante et j'ai hâte de voir comment il se débrouille côté réconciliation sur l'oreiller.

— Nous n'aurons pas de relations sexuelles, grogna Xaphan. Et nous ne sommes pas partenaires.

— Oh que si, à moins que tu préfères être affecté aux corvées de chiottes ? dit Lucifer avec un sourire bienveillant en totale contradiction avec les flammes qui brillaient dans ses yeux.

— Quelle est la mission ?

L'idée de faire équipe avec Katie l'agaçait, mais tout était mieux que les latrines. Les démons damnés ne savaient pas viser.

— Ma petite-fille a perdu son dragon.

Lucifer voulait qu'il retrouve un animal de compagnie ? Comme c'était dégradant.

— Alors vous devriez lui en acheter un nouveau.

— Comme c'est méchant, souffla Katie. Comme si la petite ne savait pas faire la différence.

— Exactement, dit Lucifer en hochant la tête. Sans compter que, même si je tolère généralement les vols, ça s'applique aux autres. Par contre, me voler, moi, est totalement inacceptable. Quelqu'un doit payer.

Il sortit un mince dossier comportant plusieurs feuilles de papier et une photo. Katie le prit avant que Xaphan puisse y jeter un œil.

— Voilà ce que je sais. Le dragon a été vu pour la dernière fois dans le jardin de rocaille en train de mâcher des roches de lave. Ensuite, plus rien.

— Est-ce qu'il s'est envolé ?

Les deux regards incrédules qui se tournèrent vers Xaphan lui firent froncer les sourcils.

— Quoi ? Les dragons ont des ailes. Ce n'est pas une question déraisonnable.

Les yeux dépareillés de Katie se levèrent au ciel et elle secoua la tête.

— C'est un bébé, quoi. Seuls les dragons adultes peuvent voler.

— Et comment étais-je censé savoir qu'il n'était pas adulte ?

— Parce qu'un dragon adulte ne mâcherait pas des roches, idiot. Seuls les bébés qui font leurs dents en raffolent.

— Tu vois, elle s'avère déjà être un atout, s'exclama Lucifer en se frottant les mains. Je savais que je faisais le bon choix en vous jumelant.

— Vous êtes tous les deux fous, marmonna-t-il.

— Merci, répondirent-ils en chœur.

Et malgré lui, les lèvres de Xaphan s'étirèrent presque en un sourire. Mais il serra fermement la bouche.

Je ne souris pas. Même pour les furies mignonnes.

KATIE S'AMUSAIT BEAUCOUP TROP. QUELQUE CHOSE chez ce démon guindé faisait ressortir son côté malicieux, et plus il se renfrognait, plus elle se plaisait à le provoquer. Le partenaire que Lucifer lui avait assigné possédait désormais sa propre rubrique dans son dictionnaire mental personnel sous le nom de « super miam ».

Plus grand qu'elle d'au moins trente centimètres, un visage austère encadré de cheveux noirs, une mâchoire mal rasée et un corps si tonique et dur que même elle en était impressionnée, il portait une veste en cuir qui semblait faire office d'armure, un pantalon moulant et des bottes faites pour botter des derrières. Son *bad boy* était vraiment très rock.

Mieux encore, même si elle l'agaçait au plus haut point, il n'avait pas posé un seul doigt sur elle — qu'elle aurait brisé s'il s'y était aventuré. Allumeuse sans vergogne, Katie aimait rendre les hommes fous, puis les tuer s'ils franchissaient la ligne. Ces derniers temps, elle essayait de réduire le nombre de morts et de s'en tenir plutôt à de graves mutilations — Lucifer se plaignait qu'elle nuisait à ses efforts pour reconstruire son armée. Mais ce n'était pas la seule raison. Son psychiatre lui avait conseillé d'apprendre à tempérer ses réactions quand les démons prenaient des libertés avec sa personne. Apparemment, les déchaînements meurtriers n'étaient pas sains… même si amusants.

Elle essayait donc d'atténuer la violence dans sa vie privée, mais heureusement pour elle, Lucifer lui donnait de nombreuses occasions de se défouler dans son travail. Elle était son homme de main personnel, chargée des pires missions afin de récupérer les évadés, généralement dans les contrées sauvages de l'enfer où sa nature assassine s'épanouissait.

Sauf pour cette fois. Le patron lui avait prévu un genre de mission différent. Pas de meurtre ni de mutilation au menu, mais retrouver un dragon. Et plus étrange, il voulait qu'elle s'associe à un démon, un démon qui ne voulait rien avoir à faire avec elle. Elle aimait tellement les défis.

— Je travaille mieux seul, déclara l'homme grincheux qui ne voulait toujours pas accepter que ce soit le destin qui les fasse travailler ensemble.

— Est-ce que tu me défies ? demanda Lucifer avec douceur.

Mais elle et le démon avaient tous deux ressenti le sens sous-jacent de ses mots.

Son nouveau partenaire grommela en fronçant les sourcils et fit part de son mécontentement à voix haute. Mais, finalement, il obéit à Lucifer, et Katie quitta le bureau sur ses talons, impatiente de voir jusqu'où elle pourrait le pousser avant qu'il ne craque.

— Alors, où allons-nous en premier ? Armurerie pour récupérer des armes tranchantes et pointues ?

— Non.

— Cuisine pour remplir nos petits ventres ?

— Non.

— Humm, que dirais-tu de cette alcôve au coin de la rue pour des galipettes ?

À la dernière suggestion, les narines du démon se dilatèrent, il se raidit davantage et ses lèvres s'étirèrent si fort qu'elle se demanda si elles allaient se séparer.

— On a du pain sur la planche, alors sors ta tête du caniveau et concentre-toi.

— Mais c'est tellement amusant, un caniveau, souligna-t-elle. Espèce de rabat-joie. Bon, d'accord. Puisque tu n'aimes aucune de mes idées, qu'est-ce que tu suggères ?

— Je me disais que *je* pourrais parler au gardien du dragon.

— Yay. Allons au chenil. Sais-tu que Throat

Ripper vient d'avoir une portée de chiens de l'enfer ? Des petites choses toutes mignonnes. Si je n'étais pas si attachée à mes orteils, j'en prendrais un.

Un gros soupir fut sa réponse.

Sautillant à côté de lui, elle sourit à son regard noir qui lui allait si bien. Oh, elle prévoyait déjà le plaisir qu'elle aurait à l'embêter. Tout en fredonnant faux, juste parce qu'elle aimait le voir serrer les dents, elle le laissa prendre la tête jusqu'au chenil pour pouvoir admirer ses fesses. C'était du bœuf première qualité, même avec sa démarche rigide.

Avant qu'elle puisse trouver un moyen de le faire se pencher en avant pour lui mettre une bonne fessée qui le ferait sûrement beugler, ils arrivèrent à destination.

— Katie !

Ricco, le patron du chenil du seigneur, leur fit signe depuis l'enclos où il travaillait. Géant, mi-démon et mi-troll, ce qui manquait à Ricco en beauté — et en hygiène —, il le compensait par une personnalité amicale.

— Salut, Ricco. Comment ça va ?

— Tu sais comment c'est. Treize points de suture hier. Vingt-cinq la veille. La portée de Throat Ripper me donne du fil à retordre.

À peine avait-il terminé sa phrase que des grognements éclatèrent. Ricco se baissa et réapparut un instant plus tard en tenant deux chiots baveux couleur charbon par la peau du cou.

— On ne se mange pas, les avertit-il. Gardez ça pour plus tard quand nous irons à la cour pénale. Il paraît qu'il y a un paquet d'âmes mauvaises qui doivent apprendre les bonnes manières.

— Mince. J'aurais aimé pouvoir rester pour voir le spectacle.

Quel dommage qu'elle ait du travail. Elle aimait tellement regarder les âmes damnées — celles qui avaient commis des péchés mineurs — être punies d'avoir cru pouvoir désobéir aux lois de leur seigneur. Vivre en enfer ne signifiait pas qu'on pouvait faire tout ce qu'on voulait. Lucifer avait des règles, un paquet de règles, même, et si un imbécile en enfreignait une seule, comme dégrader l'une des nombreuses statues faites en son hommage, il punissait le coupable. Rassembler les mécréants dans le chenil de la cour pénale pour que les chiots puissent s'entraîner sur eux était une de ses méthodes sournoises pour persuader les milliards d'âmes habitant l'enfer de se comporter correctement.

Mais cette punition était pour les délits mineurs. Les vrais méchants devaient vivre dans la prison où la torture était érigée en art. Parfois, lorsqu'elle se sentait particulièrement inspirée, elle y faisait une visite et dispensait sa vision artistique sur les âmes maléfiques qui y résidaient. Les cris qu'elle enregistrait sur son iPod faisaient une excellente musique de fond pour sa promenade quotidienne.

— Je te ferai une vidéo, fillette, promit le gardien. Mais, à en juger par ton ami au visage sérieux, je parie que tu n'es pas ici pour t'amuser.

— Notre seigneur nous a confié la tâche de

retrouver le dragon disparu de sa petite-fille, annonça Xaphan d'une voix monocorde.

— Et tu es notre premier suspect ! gazouilla-t-elle. Alors avoue.

Ricco la connaissait suffisamment pour rire.

— Pas grand-chose à dire, fillette. Le dragon de la princesse est une bête bien dressée. C'est un bonheur de s'en occuper. Le jour de sa disparition, je l'ai emmené comme d'habitude dans le jardin pour sa mastication quotidienne de pierres.

— Pourquoi ne pas simplement lui donner les pierres ici ? l'interrompit Xaphan.

Le gardien haussa ses épaules massives.

— Ça ne fonctionne pas aussi bien, sauf si on a une grande variété de pierres. Un dragon en croissance a besoin de toutes sortes de pierres de lave pour se faire les dents et compléter son alimentation, et bien que la petite créature ait une stalle pour dormir et un enclos qui lui permette de prendre l'air, ça ne suffit pas pour lui fournir la quantité de pierres nécessaire. Le jardin du seigneur, qui en possède un grand nombre et qui dispose de suffisamment d'espace pour que la petite chose puisse se dégourdir les jambes, semblait une solution parfaite. C'était ça ou envoyer la bestiole dans les montagnes, ce que la petite-fille de Lucifer n'aurait pas du tout aimé. Sans oublier que sa maman n'aime pas que son bébé sorte du château.

— D'accord, maintenant que nous avons éclairci ce point, as-tu vu quelque chose d'anormal ce jour-là ? Des hommes en costumes sombres ? Des nains portant des capuches ? N'importe quoi ? demanda-t-elle en ignorant le regard incrédule que Xaphan lui lançait.

— Non. J'ai emmené le petit dragon dans le jardin, j'ai verrouillé la porte derrière moi et je suis revenu le chercher à la fin de la journée pour découvrir qu'elle avait disparu.

Xaphan fronça les sourcils en posant la question suivante :

— Est-ce que la porte était toujours verrouillée ?

— Toujours. Et personne n'a emprunté ma clé, que je garde accrochée à mon cou, expliqua Ricco en tirant sur une chaîne et leur montrant l'énorme clé ornée.

— Qui d'autre a accès au jardin ?

Encore une fois, Ricco haussa les épaules.

— Tout le monde. On ne verrouillait que quand la petite chose y était pour se nourrir.

— Alors qui d'autre a une clé ?

La question de Xaphan parut accusatrice et Ricco se hérissa.

— Comment je le saurais ? Je ne suis qu'un domestique.

— Que penses-tu qu'il se soit passé, Ricco ? Je vote pour les extraterrestres. Peut-être qu'ils ont téléporté le dragon et qu'ils vont l'étudier avec une sonde.

— Ou peut-être que quelqu'un l'a pris et a l'intention de demander une rançon. Oh, attends, ça sent la logique. Ça ne peut donc pas être vrai, dit Xaphan d'un ton moqueur.

— Si j'ai raison, je te ferai manger des corbeaux, et contrairement au roi du poème, ils ne seront pas cuits dans une tarte.

— La comptine fait référence aux oiseaux noirs.
— C'est pareil.
— Pas du tout.
— Si, affirma-t-elle les mains plantées sur ses hanches.
— En fait, mon garçon, elle a raison.
— Ça doit être une première, marmonna-t-il.

En gagnante gracieuse, elle lui tira la langue.

Les yeux du démon étincelèrent, mais il ne répondit pas et, à la place, se tourna vers Ricco.

— Merci, monsieur, d'avoir répondu à nos questions.

— J'espère que vous trouverez le petit dragon. Je l'aimais bien. C'est le seul animal de compagnie que j'ai gardé durant ce dernier siècle qui n'a pas essayé de manger une partie de mon corps.

Katie lui fit un signe de la main en guise d'au revoir, et trottina derrière Xaphan qui quittait le chenil.

— Alors, partenaire, on va où ensuite ?
— Déjeuner. Mon corps a besoin de nourriture.
— Pourquoi ne pas simplement dire que tu as faim ?
— Bien : j'ai faim. Contente ? Maintenant, si ça ne te dérange pas, je vais manger avant de continuer.
— Ça me paraît une bonne idée. Je réfléchis mieux l'estomac plein.
— Quand tu réfléchis.

Il l'avait à peine murmuré, mais elle l'entendit et s'en offusqua. Elle lui fit donc un croche-pied et ricana quand il trébucha.

— Tu veux bien arrêter d'être une emmerdeuse ? gronda-t-il.

— Pourquoi ? Je m'amuse.

— Mais moi non.

— C'est parce que tu as besoin de te détendre.

— Je préférerais que tu me laisses seul.

— Non, je ne peux pas, grincheux. Lucifer a dit que nous étions partenaires sur ce travail, donc que ça te plaise ou non, je vais rester collée à toi. Alors fais avec, beau gosse, et apprends à m'aimer.

— Il faudrait un miracle, grommela-t-il.

— Ou quelques coups sur la tête, plaisanta-t-elle. Alors, où est-ce qu'on va déjeuner ? Tu es d'humeur pour un soixante-neuf ? Je pourrais aller chercher des saucisses.

Oh, quel plaisir de voir la veine sur son front palpiter.

— Je vais manger à la cuisine. De la vraie nourriture, énonça-t-il très distinctement malgré ses dents serrées.

— Oh, c'est tellement romantique. Toi, en train de cuisiner pour moi à notre premier rendez-vous professionnel, dit-elle tout sourire en battant des cils.

— Ce n'est pas un rendez-vous ! cria-t-il.

Elle lui tapota la joue.

— Si tu le dis, grincheux.

Un grognement s'échappa du plus profond de lui et elle se mordit la lèvre inférieure pour s'empêcher de rire. Elle savait qu'elle ne devrait pas aguicher ce pauvre garçon, mais il lui facilitait trop la tâche.

Durant le déjeuner elle l'embêta autant que

possible, tandis qu'il lançait des regards noirs à son sandwich. Mais elle ne put s'empêcher d'admirer son contrôle. Même lorsqu'elle lui jeta du pop-corn à la tête, lui piqua son verre pour le vider, poussa le tabouret sous ses fesses, il ne craqua pas. Il la foudroya du regard, marmonna dans sa barbe, grogna, mais ne leva pas la main une seule fois pour l'arrêter. Comme c'était fascinant.

Une fois leur repas terminé, il débarrassa même la table ! Katie se frotta les yeux en pensant qu'elle hallucinait.

— Tu es réel ? demanda-t-elle, incrédule.

— Si je dis non, est-ce que tu vas faire comme si je n'existais pas et partir ?

Elle secoua la tête et il soupira.

— Tu sais, tu as beau être tout tendu et sinistre, je pense qu'au fond de toi..., dit-elle avant de s'interrompre en le voyant arquer un sourcil. Vraiment tout au fond, je pense que tu as peut-être le sens de l'humour.

— Et au fond de moi, je pense toujours que tu es folle.

— Cohérence est mon deuxième prénom, répliqua-t-elle avec un grand sourire. Alors, où faut-il aller ensuite, partenaire ?

— Je vais voir la scène du crime. Rejoins-moi ou pas, je m'en fiche.

— De crime ? On ne sait pas encore s'il s'agissait d'un crime ou d'une évasion. On a besoin d'indices avant de passer aux suppositions.

— Et si j'allais chercher des indices pendant que tu ferais autre chose ? suggéra-t-il.

— Comme quoi ?

— Je ne sais pas. Peut-être faire des affiches. Lucifer ne t'a pas donné une photo ? Je suis sûr qu'on pourra te trouver des crayons et du papier quelque part.

Oh oh, son démon lançait une autre pique avec son humour caustique. Elle aimait ça.

— Le dessin me met en colère.

— Alors utilise une photocopieuse.

Levant la photo du dossier, elle regarda la mignonne bestiole qui posait à côté de la petite-fille de Lucifer.

— C'est une perte de temps. Je pense que si quelqu'un l'avait trouvé, il l'aurait rendu.

— Pourquoi ?

Elle tendit l'image et il y jeta un rapide coup d'œil, avant de revenir dessus, étonné, et la fixer plus longuement.

— Rose ? On cherche un putain de dragon rose ? Sa couleur ne peut pas être naturelle.

– Ça ne l'est pas, convint-elle. Les dragons sont verts, gris, blancs, noirs ou bleus. Normalement. Mais d'après la rumeur, Lucifer aurait demandé à sa petite amie Gaïa de changer le brin d'ADN pour la couleur, d'où la plutôt jolie nuance de rose. Je trouve ça mignon.

— Moi je trouve ça cruel, marmonna-t-il. Un carnivore rose ! Où va l'enfer ?

Souriant dans son dos — tout en admirant les

muscles en action de ses fesses alors qu'il marchait —, elle le suivit et s'étonna de leur étrange association. Ce n'était pas le fait que Lucifer lui ait confié cette étrange mission. Ça lui arrivait... souvent, d'ailleurs, mais elles impliquaient généralement de tuer des choses. Et elle faisait toujours bande à part.

Cette fois, cependant, aucun meurtre, mutilation ou enlèvement n'étaient prévus. Et son patron l'associait à Monsieur Coincé, qui ne lui avait même pas encore dit son nom.

— Comment t'appelles-tu ?

— Est-ce vraiment important ?

— Bien sûr que oui. J'ai besoin d'avoir quelque chose à crier quand tu essaieras de me toucher plus tard.

Ah, elle avait enfin trouvé le bon bouton. Il se tourna vers elle et, en un clin d'œil, la plaqua contre le mur, les mains enserrant son corps pendant qu'il la fixait.

— Je. Ne. Vais. Pas. Te. Sauter, énonça-t-il en articulant très clairement chaque mot.

Quel talent pour la diction ! Elle gloussa. « Bite ». Quel drôle de mot.

— Je suis désolée, tu préfères le terme « faire l'amour » ?

— Non, cria-t-il. Tu ne m'intéresses pas en tant que femme. Du tout. Jamais. Rien. Alors arrête avec tes blagues de cul.

— Vraiment ?

Elle le regarda avec curiosité, depuis ses yeux lançant des éclairs jusqu'à la dureté de sa mâchoire, en passant par ses épaules rigides et, enfin, au renflement dur de son entrejambe.

— C'est drôle, parce que soit tu es excité, soit c'est un gros morceau de morue que tu caches dans ton pantalon.

Non, ce n'était pas possible. Pas ici. Pas en enfer. Pourtant si. Le démon rougit. Elle n'avait jamais pensé voir ça un jour et faillit jeter un œil à l'extérieur pour voir si l'enfer s'était figé — à nouveau. Il allait falloir trouver une meilleure expression parce qu'elle ne faisait plus le même effet. Peut-être qu'ils pourraient la changer quand son partenaire grincheux finirait par rire.

— C'est l'adrénaline, mentit-il.

L'idiot ! Comme si elle ne connaissait pas la différence entre une érection causée par elle et un combat enfiévré.

— Maintenant, si tu veux bien m'excuser, j'ai une mission à accomplir.

Il s'abstint d'ajouter : « ... et une partenaire à larguer ». Comme si elle allait le laisser s'échapper si facilement.

Malgré sa surprise initiale face aux directives de Lucifer, elle ne put s'empêcher d'être intriguée par ce soldat guindé.

Je me demande ce qu'il faudrait pour le faire sourire ? Ou le faire changer d'avis sur la partie de jambes en l'air ?

Parce qu'il avait fait la seule chose qu'il n'aurait pas dû faire, la seule chose qui éveillait son intérêt : il avait dit non.

Et elle voulait savoir pourquoi.

2

En entrant dans le jardin de rocaille du palais, Xaphan essaya d'ignorer Katie, mais elle ne lui facilitait pas la tâche. Son parfum — de la vanille, bon sang, une délicieuse gourmandise qui lui manquait — continuait à l'entourer, éveillant une faim charnelle qu'il n'avait pas ressentie depuis longtemps. Elle bondit en avant et fit semblant de se pencher pour regarder sous et autour des roches qui ornaient le jardin. Chaque coup d'œil sur ses fesses, ces deux globes blancs et tentants qui s'échappaient de son short, faisait trembler son sexe.

Mais il se contrôlerait. Il dominerait son envie vigoureuse et ne céderait pas à la tentation. Après tout, elle n'était même pas son genre. Oui, il avait beau se dire tout ce qu'il voulait, ça n'empêchait pas le sang de se précipiter vers son entrejambe. Dans l'espoir de calmer son érection, il tenta de visualiser le visage de son amour perdu, mais il ne parvenait pas à se le rappeler. Pas même son regard doux. Au lieu de cela, un sourire narquois aux yeux dépareillés ne cessait de s'y superposer et ça le rendait dingue.

— Le dragon ne se cache pas sous un putain de rocher, lança-t-il.

Penchée à nouveau, elle le regarda par-dessus son épaule.

— Eh bien, euh. Je cherche une issue de secours.

— Mon cul.

— Je pensais que tu ne le demanderais jamais, dit-elle tout sourire en se relevant.

— Tiens-t'en au boulot, grogna-t-il.

— Oh, ça va, rabat-joie. Regardons ce que nous savons. Le dragon était dans le jardin pour sa promenade quotidienne, et quand le soignant est revenu, il n'y était plus.

— Ça n'explique pas pourquoi tu cherches sous les roches.

Elle leva les yeux au ciel.

— Parce que tu ne m'as pas laissée finir. C'est typique des hommes, ça ! Je disais que personne n'a vu le dragon quitter cet endroit.

— Donc, le criminel l'a mis dans un sac. Ou une boîte.

— Il faudrait être vraiment grand et fort pour porter un dragon. Même les bébés pèsent une tonne. Sans oublier que la caméra ne montre personne qui serait entré ou sorti du jardin par l'une des portes.

— Comment le sais-tu ? demanda-t-il, méfiant.

Elle leva le dossier que Lucifer leur avait confié en affichant un sourire narquois.

— Parce que j'ai lu le rapport.

— Quand ça ? Tu ne m'as pas lâché d'une semelle depuis que nous avons quitté le bureau de Lucifer.

— Je l'ai lu pendant que nous marchions, bien sûr, idiot. Tu pensais peut-être que je n'ai fait que fixer tes fesses ?

Avait-elle aimé ce qu'elle avait vu ? Non, stop. Il s'en fichait.

— Comment as-tu pu lire alors que tu jacassais tout le temps ?

— Certains sont multitâches. C'est pratique au lit.

Xaphan ferma les yeux et l'entendit glousser. Ça commençait à devenir le son le plus agaçant — et le plus excitant — de tous les temps.

— On peut reprendre notre travail ?

— C'est toi qui as commencé en demandant comment j'ai pu lire le rapport. Ce n'est pas de ma faute si je suis mieux préparée que toi pour ce travail.

— Je l'aurais lu aussi si quelqu'un ne l'avait pas monopolisé, répondit-il, agacé contre lui-même de ne même pas avoir pensé à le faire.

— Demande-moi gentiment et je te laisserai y jeter un œil.

— Arrête de jouer à ça et passe-le-moi.

— Dis s'il te plaît.

— S'il te plaît, grogna-t-il.

— Plus gentiment. Tu peux faire mieux.

— Donne-le-moi tout de suite, putain ! beugla-t-il.

— Vilain démon, dit-elle en faisant claquer sa langue et en secouant la tête. C'était grossier. Si tu le veux, viens le chercher, ajouta la coquine en le fourrant sous son T-shirt.

Sans même prendre le temps de réfléchir à quel point c'était une mauvaise idée, il se dirigea vers elle en tendant la main, mais elle l'esquiva avec un petit rire.

— Reviens ici, gronda-t-il.

— Attrape-moi si tu peux, chantonna-t-elle avant de se sauver.

Mais Xaphan ne jouait pas et ne poursuivait pas les bombasses blondes qui le taquinaient. Tant pis pour le rapport. Il se contenterait d'enquêter à l'ancienne. Il décida donc de l'ignorer et s'accroupit pour inspecter le sol. La surface était presque entièrement recouverte de suie et de cendres, une bizarrerie de l'enfer due au four qui chauffait cette dimension fumante.

Observant les traces de pas le long des chemins tortueux, il partit en éclaireur, à la recherche de… Aha ! un morceau de terre qui se démarquait en raison de sa régularité immaculée. Quelqu'un avait pris un balai pour effacer les traces et, ce faisant, il avait laissé son premier indice : les traces de balai s'arrêtaient devant un énorme rocher. Ça semblait inamovible, mais il voyait les monticules de terre qui remontaient autour des bords.

Il appuya alors son épaule contre la dalle et poussa : ça ne bougea pas. Inspirant profondément, il enfonça ses talons et poussa à nouveau.

— Qu'est-ce que tu fais ? demanda Katie en tortillant ses cheveux.

— Qu'est-ce que j'ai l'air de faire ? répondit-il en serrant les dents.

— On dirait que tu essaies de pousser cet énorme rocher.

— Quelqu'un l'a déjà déplacé une fois, donc c'est possible.

S'il s'abaissait juste un peu plus et appliquait un peu plus de force…

— Je ne pense pas que ça marchera.

Non, effectivement, ce qui l'irrita. Il se targuait de sa force physique et la travaillait tous les jours. Pourtant, il n'arrivait pas à bouger une saleté de rocher.

— Tu as une meilleure idée ?

— En fait, oui.

Elle s'approcha assez près pour qu'il puisse voir son chemisier et le bout de papier coincé entre ses seins, et leva la main par-dessus l'épaule de Xaphan en pressant sa poitrine contre son torse, ce qui le fit gronder — de mécontentement ou de plaisir, il n'aurait su le dire.

Mais le grondement devint plus fort et le fit trembler. Merde, qu'est-ce que c'était ? Il sauta sur le côté alors que la pierre dans son dos se déplaçait, faisant place à une gueule sombre.

— Comment savais-tu qu'il y avait un levier ? demanda-t-il avec méfiance.

— Un ami m'en a parlé il y a quelque temps, déclara-t-elle avec un sourire suffisant.

— Tu aurais pu me le dire avant.

Avant qu'il grogne et pousse comme un idiot.

— Et manquer ce spectacle ? dit-elle en laissant apparaître des dents d'un blanc nacré. La prochaine fois, fais-le torse nu, tu veux bien ?

Après un clin d'œil espiègle, elle s'engouffra dans le tunnel. Xaphan la suivit avec une série de jurons sur le bout de la langue, mais s'abstint de les prononcer. Répondre à ses provocations n'en amènerait que davantage. S'il l'ignorait, elle se lasserait de ce jeu et irait embêter quelqu'un d'autre.

Pourquoi cette idée l'énervait, il n'aurait pas pu le dire.

Prenant la tête, Katie parcourut le tunnel après avoir allumé une torche poussiéreuse trouvée dans un emplacement dédié. Alors que les murs et le plafond du passage caché étaient recouverts par les traces du temps, c'est-à-dire de poussière et de toiles d'araignées collantes, le sol présentait des signes d'utilisation récente. Le sentier, avec ses traces de nombreux pas et une queue ondulante, leur montrait la bonne voie. Le problème était que si sa source avait raison, elle savait où le chemin menait. Et ils n'étaient pas prêts pour ça.

— Nous devrions faire demi-tour, déclara-t-elle après plusieurs minutes à marcher — enfin, à sautiller, en ce qui la concernait — dans l'obscurité à peine éclairée par la lueur de la torche.

— Pourquoi ? Quelqu'un a peur du noir ? se moqua-t-il.

— Non.

— De se casser un ongle ?

— Non, répliqua-t-elle en souriant alors qu'il

essayait de la provoquer.

— Du froid parce que tu as oublié de porter de vrais vêtements ?

— Un peu, à dire vrai, admit-elle, car la chaleur habituelle de l'enfer ne pénétrait pas facilement cet espace clos. Merci d'avoir proposé ton aide.

— Quoi ?

Sans avertissement, elle enfonça la torche dans une crevasse du mur, puis se lança sur lui pour s'enrouler autour de son corps.

— Qu'est-ce que tu fais ? demanda-t-il d'une voix étrangement tendue.

— Je t'utilise pour ta chaleur. Mais ça fonctionnerait mieux si tu portais moins de vêtements. Je veux dire nu, le peau à peau fonctionne mieux.

— Lâche-moi.

— Le terme approprié n'est pas plutôt « déshabille-moi » ?

Tout en marmonnant des jurons dans sa barbe, il essaya de la décoller. Mais, telle une pieuvre, elle n'arrêtait pas d'accrocher fermement un membre autour de lui. Après plusieurs minutes de lutte et de rebondissements, qui l'excitèrent plus qu'elle ne l'aurait imaginé, il s'arrêta enfin.

— Est-ce que tu veux bien descendre si je te promets de te passer ma veste ?

— Tu me laisserais la porter ?

Étant donné que le vêtement lui allait comme une seconde peau, elle doutait qu'il soit sincère.

— Si tu as vraiment froid à ce point, alors oui.

Rien que le dire semblait lui faire mal, et curieuse,

elle se laissa glisser le long de son corps. Debout devant lui dans l'expectative, elle attendit qu'il éclate de rire et lui dise qu'il avait menti. C'était ce que les hommes faisaient, après tout. Promettre fidélité à une fille, puis coucher avec leur meilleure amie. Dire à une femme qu'ils la respecteraient et ne plus la rappeler. Les hommes étaient des porcs si prévisibles.

À sa grande surprise, Xaphan baissa la fermeture Éclair de sa veste et la retira. Il drapa ensuite le lourd manteau sur ses épaules, et la chaleur de son corps s'infiltra aussitôt dans sa peau. Son parfum de propre et de frais composé d'un mélange de savon épicé et *d'homme* l'enveloppa, et un frisson, qui n'avait rien à voir avec son propre corps, la fit fondre. Elle le regarda avec étonnement.

— Tu m'as donné ton manteau.

— Prêté, corrigea-t-il. Je m'attends à ce qu'il revienne une fois que nous serons rentrés, et la prochaine fois, essaie de t'habiller pour l'occasion.

En parlant de s'habiller, elle remarqua avec intérêt la chemise Henley qu'il portait, noire, bien sûr, et qui moulait son torse bien défini.

Je vais devoir trouver un moyen de la lui faire retirer aussi, la prochaine fois.

Parce que même si elle savait de source sûre à quel point les hommes pouvaient être méprisables, blessants et menteurs, Xaphan l'intriguait. Il était différent des autres mâles qu'elle avait rencontrés : un puzzle qu'elle voulait démêler.

Et cette dernière prise de conscience la surprit encore plus.

3

De retour chez lui, une heure plus tard, Xaphan fit les cent pas en essayant de comprendre ce qui s'était passé. Une minute, il se crêpait le chignon avec la furie connue sous le nom de Katie, et la suivante, il la portait comme une couverture vivante. Et par toutes les vies qu'il avait prises, il avait eu envie de l'entourer de ses bras et calmer les faibles frissons de son corps glacé. Il avait eu envie de réchauffer son corps somptueux par des baisers et des caresses torrides jusqu'à ce qu'ils brûlent tous les deux, chercher son intimité humide cachée entre ses jambes et la pilonner jusqu'à ce qu'ils soient tous deux en sueur et s'abandonnent à l'orgasme. À la place, il avait réussi à la convaincre de prendre son manteau, ce qui l'avait surprise au plus haut point.

Il n'avait pas manqué son expression choquée quand il l'avait drapé autour de son corps. Elle nageait dans l'ample vêtement et ça lui donnait un côté fragile — et ridiculement mignon. Il avait noté la façon dont elle enfouissait le visage dans le col et se frottait la joue dessus tandis qu'ils retournaient dans le jardin. Il avait accepté son explication, pour une fois non formulée avec ses insinuations habituelles, selon laquelle ils avaient besoin de s'équiper avant de continuer. Apparemment, elle connaissait le chemin. Avec une mine sérieuse — un changement bienvenu par rapport à son style de conversation exubérant et inapproprié —, elle avait énuméré les choses à apporter, puis s'était enfuie, toujours vêtue de sa veste, avant de promettre de le retrouver dans quelques heures.

Il avait accueilli cette excuse avec soulagement : malgré son contrôle d'acier habituel, il n'était pas sûr de pouvoir continuer à se faire confiance plus longtemps pour ne pas la toucher. À peine un jour depuis leur rencontre s'était écoulé, et un vœu qu'il avait fait il y a plus de trois cents ans ne tenait plus qu'à un fil.

La honte le fit tomber à genoux devant le petit portrait qu'il avait volé il y a si longtemps.

— Pardonne-moi, Roxanne. Je ne suis pas digne de ton amour.

Il ne l'avait jamais été, même si elle n'avait pas semblé s'en inquiéter.

Lui, un chevalier sans argent et bâtard par-dessus le marché, n'avait eu d'autres souhaits que servir son seigneur et roi. Puis il avait rencontré Roxanne. Une femme si belle, si pure, qu'il aurait été capable de tout pour elle.

Et ça avait été le cas.

À la chasse au sanglier, séparé du groupe principal, il l'avait entendue crier de terreur et avait couru la secourir. Même terrifiée, elle étincelait comme une rose au milieu des broussailles. Elle était acculée à un arbre, les vêtements déchirés et révélant le haut de ses seins crémeux, les cheveux parsemés de feuilles et l'expression terrifiée, suppliant d'être sauvée par un héros. Au péril de sa vie, Xaphan s'était précipité dans la clairière pour affronter la bête sauvage qui menaçait sa protégée.

Sortant son épée dans un tintement métallique, Xaphan avait affronté la créature et gagné.

La bête tuée, l'adrénaline coulant à travers ses veines, il s'était avancé vers la forme qui courait vers lui. Il avait tendu la main au dernier moment et reconnu sa dame. Il n'avait pas réalisé son intention jusqu'à ce qu'elle jette ses bras autour de son torse couvert de son armure et le serre contre elle. Xaphan avait cru mourir sur place tant son choc et son plaisir furent grands.

— Tu m'as sauvée. C'est si merveilleux et courageux, avait-elle déclaré en levant un visage brillant d'excitation.

La silhouette élancée de Roxanne s'était pressée contre lui, sa poitrine crémeuse si proche qu'il n'avait pu s'empêcher d'apercevoir l'ombre de son décolleté. Les mots lui avaient manqué, mais malgré sa gratitude, il savait qu'il devait s'éloigner. Les vils chevaliers ne touchaient pas les filles de leurs seigneurs, et surtout, ne les convoitaient pas. C'était un fait que son sexe avait choisi d'ignorer.

Xaphan avait reculé, mais elle l'en avait empêché et avait pris sa main pour la presser contre la douceur de sa poitrine alors qu'elle continuait à le remercier avec des paroles qui ne pouvaient percer à travers le rugissement dans ses oreilles. Sous ses doigts calleux, il avait senti le renflement de sa poitrine ainsi que son cœur qui battait presque aussi vite que le sien.

Le léger effleurement de ses lèvres contre les siennes quand elle s'était mise sur la pointe des pieds alors qu'il se tenait là, figé, fut le moment où il tomba amoureux.

Mais il gagna plus ce jour-là que les remerciements de son seigneur et le baiser de gratitude de Roxanne. Xaphan fut désigné garde du corps personnel de la jeune femme. Lui, un chevalier vil et de basse extinction, devait rester aux côtés de Roxanne pour la protéger du mal. Une tâche facile, étant donné son amour pour elle : un amour qui l'avait finalement amené à négocier avec le diable afin de la sauver. Un accord inutile étant donné qu'à son insu Lucifer avait déjà l'œil sur lui, car son héritage de demi-démon venant de son père faisait de lui un soldat de premier ordre pour l'armée de son seigneur.

Son destin étant scellé, il avait profité des termes de son contrat, et tué pour sa dame avant de descendre dans la fosse et servir le diable. Mais même entouré de décadence et de tentation, il ne s'était jamais autorisé à oublier son seul véritable amour. Sa belle Roxanne.

— Pardonne-moi, mon amour, de permettre aux pensées impures d'une autre d'altérer ce que nous avions. Je ne la laisserai pas prendre ta place, ni elle, ni aucune femme. Même dans la mort, je n'appartiens qu'à toi.

Il adressa ces mots maintes et maintes fois répétés à l'image, la seule chose qui lui restait d'elle. Mais alors même qu'il prononçait la promesse apprise par cœur, il ne put entièrement effacer le souvenir de deux yeux bleu et vert emplis d'une chaleur joyeuse et il ne ressentit pas la tristesse et la paix habituelles liées à sa promesse faite à une femme qui vivait parmi les anges.

Il se releva en jurant et se dirigea vers sa chambre.

C'est la faute de cette furie.

Avant de la rencontrer, il trouvait facile d'ignorer les garces qui lui faisaient constamment des propositions. Personne ne pourrait jamais égaler la beauté et la pureté de sa Roxanne. Et pourtant, Katie, avec sa silhouette rondelette, son regard dépareillé, son obscène — et ô combien pulpeuse — bouche, y avait réussi presque instantanément. Un sort ! La démence ! Il devait bien y avoir une raison à son trouble mental — et son excitation. Mais il n'avait pas le temps de consulter une sorcière ou un psy. Pas s'il voulait se tenir à l'écart de la furie blonde et de ses gloussements.

Attachant ses couteaux sur son corps, en plus de son arsenal habituel, il se prépara. Un sac à dos pour les vêtements et un autre pour les fournitures de base comme la nourriture et l'eau. Il jeta des choses au hasard dans les sacs de toile et se dépêcha, même si Katie ne l'attendait pas avant plusieurs heures : des retrouvailles qu'il n'avait pas l'intention d'honorer.

Oui, il avait menti. Son seigneur rayonnait probablement de fierté. Malgré le souhait de Lucifer, Xaphan ne pouvait pas travailler avec cette femelle. Il ne se faisait pas assez confiance. Donc, pendant qu'elle dormait ou torturait de petits animaux en ignorant son plan, il retournerait furtivement dans le tunnel et le suivrait jusque dans le marais. C'était en tout cas ce qu'elle avait affirmé en citant ses sources.

C'était de toute façon sans importance. Peu importe où il menait, il devait faire son possible pour bloquer l'entrée et l'empêcher de le suivre. Il trouverait le dragon, le ramènerait et se débarrasserait de la femelle avec qui son seigneur voulait le faire travailler.

Il aurait dû se douter que ce ne serait pas si facile.

Éviter les êtres peuplant les rues et le château de son seigneur s'avéra facile pour quelqu'un comme lui dont l'héritage (où droit de naissance) lui permettait une invisibilité que la plupart ne pouvaient espérer atteindre. Né d'une mère morte en couches et d'un père inconnu, il avait mis son talent pour se cacher sur le compte de sa nécessité à rester dissimulé. Les bâtards sans parents avaient tendance à se prendre le plus de baffes… quand ils se faisaient prendre. Avec son don spécial, ça n'arrivait pas souvent. Des années plus tard, il découvrit qu'il devait sa capacité à se cacher dans l'ombre à son père, un démon mort depuis longtemps, qui avait séduit sa pauvre mère et l'avait laissée seule à sa naissance : un enfant doté d'un héritage qui n'était pas destiné au plan mortel.

Mi-humain, mi-ténèbres, il n'était entré en possession de ses pouvoirs qu'une fois sous la tutelle d'un vétéran balafré de l'armée de son seigneur. Il comprit alors que les compétences dérisoires qu'il avait découvertes enfant n'étaient rien comparées à ce qu'il était réellement capable de faire. Il lui avait fallu des années d'ecchymoses et d'os brisés avant d'apprendre à cacher ses traces et à utiliser les ombres en guise d'arme et bouclier. Son professeur ne croyait pas au dorlotage et utilisait chaque blessure comme une leçon. Xaphan apprit rapidement. Sa première victoire — qui lui avait valu une promotion — avait consisté à tuer son professeur, qui avait souri à travers ses dents ensanglantées en marmonnant :

— Il était temps.

Parfois, ce sale vieil enfoiré lui manquait. Mais jamais longtemps.

Assez pensé au passé ! Il avait un dragon à trouver et une furie à éviter. Enveloppé de ténèbres et d'un silence absolu, il retourna au jardin et à la roche qui cachait le tunnel. Localisant le levier camouflé, il l'actionna avant de grimacer en entendant le grincement résonner avec force. Heureusement, aucun bruit de pas ni cri d'alerte ne se fit entendre. Aucune voix féminine lui demandant ce qu'il était en train de faire — et malgré un pincement de culpabilité, il ne s'arrêta pas. De toute façon, ce n'était pas comme si quelqu'un d'aussi fou qu'elle se soucierait qu'il parte sans elle. C'est ce qu'il se dit en tout cas.

Se glissant dans le passage sombre, il fit courir ses mains le long de la pierre lisse jusqu'à trouver un léger rebord. Exerçant une pression, il fut récompensé de sa recherche lorsque le portail se referma et coupa la faible lumière. Mais l'obscurité avait toujours été son amie.

Une fois sa vue ajustée à la pénombre, il se mit à courir, dépassant l'endroit où il avait passé sa veste à Katie, de plus en plus loin avec pour seul son celui de son souffle et son cœur battant.

Il lui fallut près de deux heures pour arriver au bout, à un autre rocher qui bloquait la sortie. Il trouva rapidement le loquet pour sortir et se retrouva dans une jungle humide.

Un pied dehors, il scruta rapidement la zone, notant les arbres aux branches grises et aux feuillages lourds et pendants, le sol détrempé, le bruit des gros insectes et l'absence de vie à deux pattes. Poussant un soupir de soulagement, parce que pour une raison étrange il s'était attendu à ce que Katie surgisse de nulle part, il se tourna et trouva le mécanisme pour refermer la porte. Avec un vrombissement et un clic, la pierre glissa, et pour l'empêcher de s'ouvrir, il prit une pierre et, malgré le bruit, tapa sur le bouton jusqu'à entendre un craquement. Satisfait que personne ne puisse le suivre, il se retourna et cria.

— Merde !

— Surprise, s'exclama Katie avec un signe de la main et un sourire éclatant depuis son perchoir sur une branche.

Bon, d'accord, c'était vache de sa part de se cacher pendant qu'il essayait de l'empêcher de le suivre. Mais malgré ses cheveux blonds — tous naturels, pubis à l'appui pour le prouver —, elle n'était pas stupide. Une intuition lui avait dit que Xaphan essaierait de la semer. Plus rapide qu'un succube succombant à un orgasme dans une pièce remplie d'hommes nus sous Viagra, elle avait enfilé des vêtements plus appropriés, prit quelques objets et s'était précipitée vers le tunnel.

Heureusement qu'elle avait couru, elle aussi, car elle n'était arrivée qu'une trentaine de minutes avant lui. Et cette expression furieuse lui donnait un look d'enfer.

— Qu'est-ce que tu viens faire ici ? gronda-t-il.

Te rendre dingue ? Humm, ce n'était peut-être pas la meilleure réponse avec cette veine qui palpitait sur son front. Tentant de refréner sa langue, du moins pour l'instant, elle prit un moment pour admirer sa tenue vestimentaire. Vêtu d'un débardeur noir qui lui allait comme un gant — et dévoilait ses bras bardés de muscles, miam —, il avait abandonné le pantalon en cuir pour un cargo plein de poches, et nom de Lucifer, il portait même un bandana. Comment savait-il qu'elle avait un faible pour Rambo ?

— Bonjour, grincheux. Tu n'as pas l'air heureux de me voir.

— Je ne le suis pas.

Pour une raison quelconque, sa réponse la refroidit.

— Ce n'est pas très gentil. Moi qui croyais que tu serais content que je te ramène ta veste, dit-elle en prenant le vêtement sur la branche où elle l'avait drapée et la lui lançant.

Il la rattrapa et marmonna un « merci » bourru avant d'ouvrir son sac et d'y glisser le vêtement.

— Pas de problème, partenaire.

Mieux valait ne pas mentionner les strass roses

qu'elle avait ajoutés au col et aux poignets en l'attendant. Ça lui ferait une belle surprise pour plus tard.

— Alors, vas-tu m'expliquer pourquoi tu essayais de me semer ?
— Non.
— Oh, allez. Est-ce que c'est parce que tu voulais m'épargner le trajet exténuant, parce que je suis une chose si douce et délicate ?
— Non.
— Parce que tu voulais la gloire pour toi tout seul ?
— Il n'y a aucune gloire à retrouver un dragon rose. Pas pour moi, en tout cas.
— Ooh, alors ça doit être une femme ou une petite amie jalouse, quelqu'un qui ne supporte pas que tu travailles avec une bombasse comme moi.
— Non.

Il le dit sans hésiter, mais quelque chose dans sa façon de détourner le regard et dans son corps qui se raidit lui mit la puce à l'oreille. Le grand et sombre grincheux était démasqué. Ah, eh bien, c'était nul. En tout cas, ça expliquait qu'il ait repoussé ses avances. Mais il ne réussirait pas éternellement : tous les mâles, même les plus heureux en ménage, finissaient par céder à leurs désirs les plus sombres.

D'accord, peut-être pas tous. Quelques-uns avaient réussi à lui échapper, comme Lucifer, et Charon, oh, et Remy, le compagnon de son amie Ysabel. Celui-ci l'avait toujours évitée en raison de sa réputation. Ça prouvait qu'il était l'un des rares intelligents. La plupart des hommes préféraient ignorer les rumeurs au sujet de la veuve noire et tenter leur chance. Puis ils mouraient.

— Maintenant que nous sommes tous les deux ici, dit-elle joyeusement, par où commencer ?

— Ça dépendra des pistes, répondit-il en s'agenouillant sur le sol spongieux.

— Oh, si tu veux te la jouer scientifique, alors ils sont partis dans cette direction, dit-elle en pointant un doigt.

— Et sur quoi te bases-tu ? L'instinct féminin ? Parce qu'il y a de jolies fleurs là-bas ?

— Non, idiot, même si ce sont de bonnes raisons. Je crains que ça ait plus à voir avec des preuves flagrantes.

— Du genre ?

Sautant de la branche, elle saisit son sac caché et le hissa sur son dos.

— Parce que j'ai jeté un coup d'œil en arrivant et que les seules empreintes de pas vont dans ce sens.

— Comment être sûr que ce soient celles de notre kidnappeur ?

— Le pauvre bébé dragon a perdu une écaille brillante sur le méchant buisson là-bas. Ils n'ont pas pris la peine de cacher leurs traces, et en plus il y a de l'eau dans toutes les autres directions. D'autres questions, monsieur Soupçonneux ?

— Je m'appelle Xaphan.

— Je sais, mais c'est un nom beaucoup trop attirant pour être gaspillé sur un démon grincheux aussi nul que toi.

— Tu es vraiment agaçante.

— Merci, dit-elle avec un large sourire en se mettant en route dans un roulement de hanches. C'est ma deuxième qualité la plus attachante.

— J'ai peur de te demander la première.

— Mon manque de moralité.

— Pourquoi ne suis-je pas surpris, marmonna-t-il.

— Et toi ? Quelle est ta meilleure qualité, à part le fait que tu fronces les sourcils comme un champion ?

— Est-ce qu'on est obligés de parler ?

— Non. On peut sauter cette partie et passer directement à la baise.

En l'entendant inspirer avec force derrière elle, la furie retroussa les lèvres de plaisir. Il ne pouvait pas s'empêcher d'être intéressé.

— Ma meilleure qualité est probablement la fidélité. Une fois que je fais une promesse, je ne la romps pas. Jamais.

L'emphase avec laquelle il le dit n'échappa pas à Katie, pas plus que sa signification.

— Alors, qui est l'heureuse élue ?

— Quelqu'un que tu n'as jamais rencontré. Et que tu ne rencontreras jamais.

— Quoi ? Tu veux dire que, une fois notre mission terminée, je ne serai pas invitée à un barbecue familial pour rencontrer le boulet et vos mouflets ? Quelle indélicatesse.

Surtout qu'elle voulait voir le parangon qui avait réussi à piéger M. Sérieux.

— Je n'ai pas d'enfants.

Son utilisation du « je » était intéressante, et bien sûr, elle ne lâcha plus le morceau.

— « Je » ? Ta femme n'a-t-elle pas son mot à dire ?

— Est-ce que tu es obligée de continuer à fouiner ? demanda-t-il en soupirant.

— Oui. Ou alors tu as changé d'avis sur le sexe ?

— Contente-toi de savoir que les enfants ne sont pas prévus dans mon avenir.

Encore une fois, elle eut l'impression que ça cachait un sens plus profond, mais elle n'arriva pas à le saisir. Sa femme était-elle stérile ? Avait-il des nageurs lents ? Lassée par ses réponses énigmatiques, et quelque peu agacée par la femme qu'il semblait déterminé à garder secrète, elle changea de sujet.

— J'ai donc appelé ma source à propos du tunnel et elle m'a dit que seule une poignée de personnes et de démons étaient au courant. J'ai une amie qui cherche la localisation des noms qu'on m'a donnés.

— Et comment savoir si cette source est fiable et qu'elle ne ment pas ?

— Étant donné que Muriel évite de mentir pour la simple raison de rendre son père fou, je dirais que c'est assez fiable.

— Muriel, comme la fille de Lucifer ?

— La seule et l'unique. C'est le dragon de compagnie de sa petite fille qui a disparu. Non pas que Muriel en ait quelque chose à faire. Elle avait dit à son père que Lucinda était trop jeune pour avoir la responsabilité d'un animal de compagnie. Mais Lucifer gâte la petite.

— Attends, reviens en arrière. Muriel t'a donné une liste de personnes qui, d'après elle, connaissent l'existence du tunnel ? Mais nous ne savons pas à qui ces gens l'ont dit, ou même si notre seigneur en a parlé à d'autres.

— Et n'oublie pas les gens intelligents comme moi qui pourraient être tombés dessus.

Elle ignora son reniflement au mot « intelligent », mais décida de s'en souvenir pour plus tard, quand elle découperait une partie de son corps.

— Donc, n'importe qui aurait pu connaître l'existence du tunnel ? La meilleure question serait : pourquoi ? Pourquoi prendre un dragon rose sachant que le diable voudrait le récupérer ? Ce n'est pas comme si on pouvait le vendre facilement. Tout le monde devinerait à qui il appartient.

Katie haussa les épaules.

— Pourquoi les êtres vivants font ce qu'ils font ? Parce qu'ils le peuvent. Parce qu'ils sont gourmands. Et parce qu'ils pensent que personne ne les arrêtera. Mon travail est de leur apprendre le contraire.

Une déclaration plus sombre et menaçante qu'elle ne l'aurait voulu. Elle sentit le regard de Xaphan s'enfoncer dans son dos alors qu'il soupesait sa réponse. Oups, elle avait failli gaffer.

— Oh, regarde la jolie fleur, dit-elle en se penchant pour détourner son attention sur ses fesses moulées dans son jean.

Lorsqu'elle se redressa, elle sourit en le voyant marcher raide comme un piquet devant elle.

Elle pouvait déjà voir la résolution du démon se fissurer... il fallait juste qu'elle applique plus de pression.

4

Malgré son apparence d'écervelée, Katie s'avéra plus coriace qu'il ne l'aurait imaginé. Bien qu'ils aient pataugé des heures à travers le marais, lutté contre la boue qui aspirait leurs bottes, chassé des insectes aux dimensions incroyables qui ne cessaient de plonger pour les dévorer, et malgré la puanteur étouffante dans un miasme pire qu'une caserne remplie de démons revenant d'un jogging harassant de trente kilomètres, elle ne s'était pas plainte une seule fois. Mais c'était bien la seule chose sur laquelle elle se taisait. À part pour ça, elle ne savait pas s'arrêter de parler un seul instant.

— Ooh, regarde cette souche. Est-ce qu'elle ne ressemble pas à Grikle ? Tu le connais ? Il travaille comme videur dans ce club du troisième cercle. C'est quoi le nom de l'endroit, déjà ? Oh oui, « Bouge tes boules ». Tu savais que…

Et ainsi de suite. Un bavardage sans fin qui aurait dû le rendre fou, ou lui faire au moins lever les yeux au ciel. En fin de compte, il en apprit beaucoup sur les habitants de l'enfer. La plupart des informations étaient inutiles, or ce qui le fascinait, ce n'était pas seulement sa mémoire, mais les observations qu'elle faisait. Malgré une apparence d'idiote, Katie possédait un esprit vif qui notait tout, même l'élément le plus infime. Ça semblait en contradiction totale avec sa personnalité.

Peut-être qu'il aurait été prêt à admettre — sous la torture et intérieurement — à quel point il appréciait son habileté. Contrairement à une certaine dame qu'il avait connue — et qu'il aimait toujours —, elle n'exigea jamais d'être portée au-dessus des points d'eau, même lorsqu'ils tourbillonnaient de façon menaçante, emplis de créatures qui manifestaient de l'intérêt à leur passage. Elle ne pleura pas quand un oiseau en plein vol laissa tomber un tas fumant sur son épaule. Elle se contenta de le retirer en affirmant que ça portait chance, et continua sa route. Bon sang, elle ne broncha même pas quand un serpent — plus épais que sa cuisse — essaya de s'enrouler autour de son mollet. Sans même s'arrêter dans son récit sur les restaurants qu'elle appréciait, elle le frappa fort sur la tête, et l'animal s'éloigna sans demander son reste.

Mince, elle le fascinait, et comme il n'y avait rien d'autre à voir à part une vue infinie sur un marais gris, brun et détrempé, il ne put faire autrement que se concentrer sur elle — et souhaiter avoir pris une minute pour se masturber avant de venir. Bon sang, il avait les testicules les plus douloureux au monde.

— On devrait s'arrêter, annonça-t-elle soudain

quand ils furent au sommet d'un monticule qui, bien qu'humide, offrait une assise solide.

— Bonne idée. On pourrait boire un peu pour s'hydrater.

— Boire ? Qui a le temps pour ça ? Je dois réparer mon pauvre ongle.

Abasourdi, il la regarda sortir un flacon de vernis rose vif et tamponner son ongle écaillé.

— Incroyable, dit-il en secouant la tête.

— Ne m'en parle pas. Le salon m'avait promis que le *top coat* résisterait à un usage quotidien. La tête de quelqu'un va rouler pour ça.

Elle formula sa menace avec un grand sourire, mais il avait la drôle d'impression qu'elle ne plaisantait pas. Plus étrange encore, elle le fit penser à lui-même quand le tailleur avait raté ses retouches. Il lui avait retiré sa tête, et l'avait fait rebondir plusieurs fois avant de la remettre en place. L'âme avait survécu… un peu traumatisée, mais elle n'avait plus jamais raté ses pantalons.

Mâchant un morceau de viande séchée, Xaphan la regarda alors qu'elle admirait son ouvrage.

— Comment connais-tu si bien le marais ?

— Parce que j'aime les bains de boue. Nue, bien sûr. Quand je me sens stressée ou que j'ai besoin d'un peu de temps pour moi, je viens dans le bayou de l'enfer. Je me déshabille, m'enfonce dans la boue vaseuse et gluante et la laisse recouvrir mon corps nu, expliqua-t-elle avec un sourire timide tout en faisant glisser ses mains sur son corps.

Une jolie réponse bonne à lui faire durcir la queue, mais il n'y crut pas.

— Super alibi, mais donne-moi la vraie raison. ?

Elle ouvrit de grands yeux, essayant de paraître innocente. Comme si c'était possible avec des lèvres aussi pulpeuses — parfaites pour aspirer un sexe.

— Qu'est-ce qui te fait penser que je mens ?

— Je n'ai pas dit ça. Je crois que tu aimes t'enfoncer dans la boue, mais je pense que ta connaissance du marais vient d'une raison différente. Dis-la-moi. Ou bien tu es une poule mouillée ?

Pourquoi la taquinait-il ? Il n'aurait su le dire, mais, curieusement, il voulait en savoir davantage sur elle. Qu'est-ce qui se cachait derrière les rires et les insinuations sexuelles insensées qu'elle n'arrêtait pas de lui lancer ? Il se fustigerait plus tard.

— Oh, un défi. J'adore. Peut-être qu'il y a de l'espoir pour toi après tout, grincheux. Bien. Tu cherches à m'intimider, même si j'aurais préféré une fessée. Tu as raison. Je ne viens pas seulement au marais pour les bains de boue ou le clair de lune, même si j'adore ça. Je viens ici presque toutes les semaines parce que c'est le premier endroit où se cachent les fugitifs.

— Des fugitifs de quoi ? demanda-t-il, le front plissé.

Elle leva les yeux au ciel.

— L'enfer, bien sûr. Tu devrais, plus que tout autre, savoir que les démons dans cet endroit ne suivent pas toujours les règles. Et quand des idiots franchissent la ligne, ils récoltent une punition — également connue sous le nom de *moi*. Bien sûr, la plupart ne peuvent pas assumer les conséquences de leur crime, ou bien ils sont tellement impressionnés par l'idée de me rencontrer qu'ils s'enfuient, et va savoir pourquoi, c'est presque toujours vers le marais.

— Et c'est toi qui les ramènes ?

— Certains d'entre eux, dit-elle en souriant. Lucifer ne m'envoie qu'après ceux qu'il ne veut pas revoir vivants.

— Tu es un bourreau ? demanda-t-il avec incrédulité.

Elle hocha la tête.

— Comment ça se fait que je n'ai jamais entendu parler de toi ?

— Eh bien… parce que mes cibles sont mortes, bien sûr.

Et alors il fit la pire chose possible au monde, du moins c'est la réflexion qu'il se fit un instant plus tard : il rit.

Apparemment, elle avait un peu trop bien réussi à convaincre Xaphan de son inoffensivité. Quand elle lui dit la vérité, sous son insistance, il eut le culot de rire. D'elle !

Et ça, mon gars, ça se trouvait tout en haut sur la liste des choses à ne pas faire, juste après toucher à son cheesecake à la new-yorkaise. Plus rapide qu'un succube se mettant à genoux pour une gâterie, son corps souple s'élança sur lui et elle le plaqua au sol. Assise sur son torse et bloquant ses bras de ses jambes, elle posa une paire de couteaux contre sa gorge en souriant.

— Tu penses toujours que je mens ?

— Non. Et je comprends pourquoi je n'ai jamais entendu parler de toi. Qui voudrait admettre avoir été battu par une fille ?

— Tu oublies « super sexy ». C'est une bonne chose que je t'aime bien, grincheux, sinon tu serais mort.

Mais il ne la prenait toujours pas au sérieux.

Xaphan ne comprenait donc pas qu'il se mettait en danger et que sa vie ne tenait qu'à un fil ? Apparemment non, ou alors il était fou — *tout comme moi, hé hé hé* —, parce qu'il continuait de rire. Cela lui plut : le son grondant de son rire, bas et envoûtant, fit non seulement vibrer son entrejambe qui se trouvait contre son torse, mais l'enveloppa d'une chaleur qui lui fit froncer les sourcils de confusion. Depuis quand permettait-elle à un homme, ou à n'importe qui d'ailleurs, de se moquer d'elle ? Il fallait qu'elle reprenne le contrôle.

— Tu souhaites donc mourir ?

— Non.

— Tu es fétichiste des couteaux ?

— Non.

— Alors je ne vois pas, démon, ce qu'il y a de drôle, et ça commence à m'énerver.

Elle appuya un peu plus sur la pointe sa lame, creusant sa peau. Avec un clin d'œil, dont elle ne l'aurait jamais cru capable, il vacilla sous son corps et soudain sa présence se brouilla et se déforma. Puis il disparut.

Touchant le sol, elle se ressaisit rapidement et s'accroupit pour regarder autour d'elle. *Où est-il passé ?*

Elle ne l'entendit pas s'approcher et réapparaître, mais, tout à coup, deux bras sortis de nulle part lui bloquèrent les mains.

— Comment as-tu fait ça ? s'exclama-t-elle, plus surprise qu'agacée qu'il ait réussi un tel coup.

— Tu n'es pas la seule à posséder une compétence que notre seigneur trouve utile, murmura-t-il près de son oreille.

— Tu peux devenir invisible ? Trop cool.

Je suis tellement jalouse.

Son petit rire lui chatouilla la peau du cou et elle frissonna. Tournant la tête pour le regarder, elle croisa son regard brûlant.

— Je peux faire beaucoup de choses, dit-il dans un murmure rauque.

— Un homme aux multiples talents. Il y a plus qu'il n'y paraît chez toi, démon.

Dans cette position, leurs bouches étaient si proches. Comme elle aurait pu facilement…

— À couvert ! cria-t-elle en se souvenant soudain où elle se trouvait et ce que signifiait le bruit bouillonnant derrière eux.

La jetant à terre, Xaphan recouvrit son corps du sien quelques secondes avant que le marais n'explose avec un « pop » et que quelque chose vole au-dessus d'eux en les aspergeant de gouttes boueuses.

— Qu'est-ce que c'était que ça ? s'exclama-t-il.

Abasourdie qu'il ait utilisé son propre corps pour la protéger, elle prit une seconde pour répondre.

— Crapaud de boue volant. Ils attrapent leur proie en se lançant depuis la boue et en s'accrochant avec leurs dents aussi acérées que des rasoirs avant d'injecter un agent paralysant. Ensuite, ils appellent leurs amis et te grignotent en morceaux pour te ramener chez eux.

— Ils ont quel goût ? fut sa question surprenante.

Il était toujours allongé sur elle, mais ce lourd poids viril ne l'intimida pas comme ça aurait dû être le cas.

— Excellents rôtis au feu avec des herbes, dit-elle en souriant.

— J'ai apporté du sel, du poivre et de l'ail.

— Et j'ai faim.

Une heure plus tard, l'arôme d'un crapaud croustillant, rôti à la perfection, emplit l'air.

— Le dîner est prêt, chanta-t-elle.

Se détournant de l'abri de vignes et de bois qu'il était en train de construire — le second, puisqu'il n'avait apparemment pas l'intention de partager le premier —, Xaphan, qui avait retrouvé son expression morne, hocha la tête.

Malgré ses rires et ses blagues de tout à l'heure, il était rapidement redevenu le sombre démon qu'elle avait appris à connaître. Dommage, car s'il était beau grincheux, il était carrément à couper le souffle quand il souriait. Mais c'était un peu de sa faute : elle avait cassé son démon amusant quand elle avait agité ses fesses sous son corps et demandé s'il avait l'intention de la prendre en levrette. Malgré son érection pressée contre ses fesses, il s'était écarté d'un bond comme si elle avait la peste, et ne s'était plus approché depuis.

Elle en aurait presque admiré sa détermination à se tenir à distance. Sauf que… *je le veux*. Bon sang, était-ce déjà arrivé à ce point ? Les attouchements ignobles qu'elle avait supportés enfant l'avaient peut-être rendue méfiante à l'égard des hommes et transformée en une incroyable tueuse, mais elle avait tout de même conservé un appétit sexuel sain. Elle avait des besoins, des besoins qu'elle aimait nourrir. Et quand elle avait terminé de gratter cette démangeaison et qu'elle se rendait compte de sa vulnérabilité… eh bien, elle tuait simplement le problème.

Bien sûr, elle n'avait jamais tenté ça jusque-là avec un démon du calibre de Xaphan. Elle s'en tenait généralement aux hommes qu'elle était sûre de pouvoir facilement maîtriser. Des démons qui ne se doutaient même pas de ce qui les attendait. Est-ce qu'elle réussirait à faire de même avec son partenaire grincheux ?

Avec de la chance, elle aurait la réponse au moment où elle en aurait fini avec lui.

XAPHAN POUVAIT LA SENTIR L'OBSERVER SANS MÊME avoir besoin de se retourner. Il le sentait et détestait ça.

Pendant un instant, il avait relâché les règles strictes qu'il s'imposait. Il avait ri avec une femme, lui avait souri et l'avait protégée de son corps face au danger imminent. Oh bon sang, il ne s'était pas attendu à apprécier autant la proximité de ce corps se moulant si parfaitement au sien. Puis elle lui avait demandé de la prendre, et il avait failli le faire. Il pouvait même visualiser la scène dans son esprit : son corps tout en courbe relevé, ses fesses rebondies écartées pour accueillir son sexe, et ses mains agrippant ses hanches alors qu'il s'enfonçait dans sa chaleur humide.

Malgré la possibilité d'être attaqué par un autre crapaud volant, il s'était relevé d'un bond et avait mis de la distance entre eux. Il regrettait la douleur qu'il vit dans son regard, une douleur qu'elle masqua rapidement alors qu'elle se relevait en souriant avec la promesse de revenir dans un petit moment avec le dîner.

Faisant confiance à son expérience, il se donna pour mission de construire un abri tout en la regardant patauger dans la tourbière avant de se tenir aussi immobile qu'une statue. Il laissa ses mains tisser les vignes mécaniquement et observa en silence sa chasseuse, prêt à plonger à tout moment pour la sauver si nécessaire. Mais derrière sa furie de partenaire — et mégère tentante — se cachait plus qu'un simple esprit vif. Lorsque le premier crapaud s'élança dans les airs — une créature visqueuse avec des yeux exorbités, des membres dégingandés et des dents aussi acérées que des lames de rasoir —, elle l'empala sur son couteau sans même lui laisser le temps de croasser. Xaphan se contenta de la regarder, émerveillé — et admiratif malgré lui –, expédier avec une grâce qui lui coupa le souffle les créatures vengeresses qui bouillonnaient depuis les profondeurs.

Merde, *elle est rapide.*

Et certainement pas impressionnable.

Ne gardant que les plus gros, elle s'éloigna et commença à vider, couper, assaisonner puis cuire les crapauds. Xaphan ne daigna pas répondre à son bavardage incessant, mais il commençait à soupçonner qu'elle utilisait cela comme un moyen de tromper son entourage en faisant croire qu'elle était stupide et inoffensive.

Elle est plus que dangereuse.

Pas uniquement du genre couteau planté dans le cœur. D'une manière ou d'une autre, elle avait réussi à se faufiler sous le bouclier qu'il avait érigé pour protéger ses émotions. Elle avait déjà brisé la retenue qu'il exerçait sur son propre désir, ce qui la rendait dangereuse. Pourrait-il vraiment lui résister si elle s'employait à le séduire ? Le voulait-il ?

Non, jamais. J'ai fait un vœu.

Un vœu qu'elle testait à chaque rire et sourire narquois.

Sachant que plus il passerait de temps avec elle, plus sa faiblesse grandirait, et craignant de devoir dormir auprès d'elle, il décida qu'il serait plus sage de construire un deuxième abri. Bien qu'elle ne commente pas son choix, alors que pour tout le reste un discours incessant ne cessait de s'échapper de ses lèvres parfaites, il vit son regard amusé.

Assis à l'opposé l'un de l'autre pour dîner, il prit une brochette et se prépara à manger. Katie était assise en face de lui, les jambes en position de lotus, ce qu'il trouvait incroyable compte tenu de son jean étroit.

Il mordit dans un morceau de viande, et le mâcha avec plaisir.

— C'est bon, dit-il, surpris.

— Pas aussi bon que ma tarte.

Xaphan s'étouffa avec sa bouchée et prit la bouteille d'eau qu'elle lui lançait.

— Est-ce que tu peux arrêter de faire ça ? grogna-t-il quand il reprit son souffle — même s'il ne pouvait effacer l'image de lui entre ses cuisses en train de manger ladite tarte.

— Faire quoi ? demanda-t-elle, l'innocence personnifiée.

— De faire des allusions sexuelles à propos de tout.

— Quoi ? Parce que j'ai dit que ma tarte était bonne ? Mais c'est la vérité, tu sais. Délicieuse, chaude, garnie, juteuse. Et avec la croûte la plus légère des neuf cercles de l'enfer… c'est ce qu'on m'a dit en tout cas.

— De la tarte ? Du genre qu'on met au four ? demanda-t-il faiblement.

— Celle à la cerise est une de mes préférées, dit-elle avec un visage impassible.

Il voulait se cogner la tête par terre.

— Je te jure que tu le fais exprès.

— Faire quoi ?

— Rien.

Il n'avouerait pas qu'elle l'excitait encore plus que les feux de l'enfer. Ou que chaque fois qu'elle ouvrait la bouche, il avait envie de la remplir d'une manière bien particulière.

— Peut-être que tu pourras goûter à ma tarte une fois que nous en aurons fini avec le marais.

Quand elle s'humecta les lèvres en le regardant avec ses yeux dépareillés, il secoua la tête.

— Qu'est-ce que je vais faire de toi ?

— J'ai plein d'idées, mais tu dis toujours non. Est-elle si spéciale, cette femme ?

Qui ? Ah, Roxanne. Face à Katie et à sa présence séduisante, il n'arrivait même plus à imaginer son seul véritable amour. Il connaissait au moins la réponse à la question.

— Très.

— C'est une femme chanceuse alors.

Le compliment sortit avec nostalgie, et il leva le regard pour voir Katie scruter le marais tout en mâchant son dîner.

— Est-ce que tu as un compagnon ? ne put-il s'empêcher de demander, mû par une curiosité ardente.

Pas qu'il s'en souciait. Franchement pas, même s'il écouta sa réponse avec avidité.

— Je ne crois pas aux relations.

— Mais au sexe oui, visiblement.

Elle sourit.

— Le sexe est un besoin physique. Se réveiller à côté de quelqu'un qui te donne des ordres à cause d'un trou entre tes jambes ne l'est pas.

— C'est dur.

— Oh pitié. La plupart des hommes adorent que je ne veuille pas de relation, mais juste du sexe chaud et moite.

— Il y a un nom pour les filles comme ça, l'insultat-il, agacé par ses paroles bravaches sans trop comprendre pourquoi.

— Intelligente est le mot qui me vient à l'esprit. Tout le reste te fera mourir, répliqua-t-elle avec un sourire narquois.

La conversation étant dans une impasse, il évita de répondre et continua de manger son crapaud rôti. Hélas, elle ne tarda pas à gâcher le silence.

— Tu es plutôt habile ici pour un mec qui n'y connaît rien aux marais.

— Qu'est-ce qui te fait penser que je ne connais rien aux marais ?

— Oh pitié. Commençons par l'évidence : des bottes de merde qui se remplissent d'eau contrairement à mes super chaussons d'eau, dit-elle en pointant ses orteils moulés dans les coquillages roses qui dessinaient même ses orteils. Tu as apporté un insecticide alors qu'une seule piqûre des bestioles vivant ici est capable de te tuer étant donné leur taille. Et tu n'avais jamais vu de crapauds volants. C'est les premières créatures qu'on voit ici.

— Pour ton information, je porte ces bottes partout. Mais sur le reste, tu as raison, je ne connais pas grand-chose aux marais de l'enfer. Je passe le plus clair de mon temps du côté des mortels. Pendant que tu attrapes ceux qui se réfugient ici, je m'occupe de ceux qui veulent faire des dégâts dans la dimension humaine. Étant donné que mes proies ne se dirigent pas toujours vers la ville et la civilisation, j'ai acquis quelques compétences pour me sentir à l'aise.

— Ce monde et ses occupants ne me manquent pas

du tout, déclara-t-elle. Je trouve les démons beaucoup plus honnêtes dans leurs relations que les humains.

— Honnêtes ? dit-il en manquant de s'étouffer.

Elle haussa les épaules.

— Ils sont très francs et ne cachent pas leurs intentions, dit-elle avant de prendre une voix plus profonde : « Hé, la blonde, je vais te baiser jusqu'à la semaine prochaine ». Ils me donnent toutes les excuses dont j'ai besoin pour mettre fin à leurs jours.

Là-dessus, elle avait raison. À combien de vies avait-il mis fin juste parce qu'un démon avait osé le regarder de travers ?

— Et les âmes damnées ?

— Comment ça ?

— Tu as dit que les occupants du côté mortel ne te manquaient pas. Avant leurs morts, les damnés étaient humains, et étant donné leur nombre important, on ne peut pas vraiment les éviter par ici.

— Ah, mais contrairement aux vivants, ils n'ont pas le pouvoir de me faire du mal ici.

Comme si elle sentait la tournure sombre que prenait leur conversation, elle sourit.

— Il faut croire que j'aime l'enfer. Je peux y tuer sans me faire punir. C'est bien plus agréable d'être payée pour faire ce qu'on aime que danser sur dix mille volts.

— Excuse-moi ?

— Lucifer ne te l'a pas dit ? J'ai été électrocutée pour mes crimes. C'est très désagréable pour un corps mortel, mais ça a donné des boucles d'enfer à ma touffe. Les médias m'ont appelée Killer Katie. Ils m'ont créditée de treize morts même si c'était plus. Les idiots.

Bombardé de faits, un détail lui fit cependant froncer les sourcils.

— Si tu es morte, comment as-tu évité de devenir une âme damnée ?

— Lucifer possédait ma vie bien avant que je me fasse prendre, idiot.

— Oui, j'ai compris que tu as conclu un marché, mais je pensais que seules les sorcières pouvaient garder leur corps en arrivant ici. Tous les autres humains deviennent des âmes damnées à moins d'avoir conclu un accord. Mais j'en ai rencontré certains, et tu n'es pas comme eux.

— Tu veux dire, un vampire avec des crocs, suceur de sang et allergique au soleil ? Si j'avais su comment Twilight allait rendre ce genre populaire, j'aurais peut-être opté pour ça.

— De toute évidence, tu ne l'as pas fait. Alors comment as-tu évité de devenir une morte-vivante ?

— La magie. Nefertiti, la grande mage de Lucifer, a marmonné des trucs bizarres. Ça a fait plus mal qu'un couteau dans le ventre, mais je dois dire que le résultat en valait la peine. Non seulement j'ai pu garder mon corps super génial, mais Lucifer m'a même renvoyée pour me venger.

Cette conversation le fascinait à présent qu'elle répondait sans ses rires et ses sous-entendus habituels.

— Te venger de qui ?

— Des personnes plus maléfiques que moi, dit-elle avec un sourire lugubre.

— Tu ne me sembles pas si maléfique.

— Ça montre juste à quel point tu en sais peu sur moi. Et crois-moi, c'est mieux comme ça.

Xaphan aurait voulu l'interroger davantage. Elle lui en avait dit juste assez pour aiguiser sa curiosité, mais elle se mit alors à faire des choses avec sa nourriture qui lui auraient fait vendre des billets même aux plus pervers. Luttant contre l'image d'elle faisant de même avec son morceau de viande, il baissa la tête et se remit à manger.

Le reste du dîner se passa en silence, et l'heure du coucher finit par arriver.

— Est-ce qu'on a besoin de tendre des pièges ou monter la garde à tour de rôle ?

Il s'en remettait à elle car elle semblait bien connaître l'endroit.

— Non. Les crapauds volants ne reviendront pas. En tout cas pas avant un moment, et comme j'ai dispersé les restes autour de notre petite île pour nourrir les autres bestioles, nous serons suffisamment en sécurité. Ou bien on se réveillera avec un pied rongé. Mais ça n'arrive pas si souvent.

Sur ces paroles de sagesse, elle lui adressa un clin d'œil et plongea dans un des abris en emportant son sac. Xaphan resta encore un moment à attiser le feu et ajouta un morceau de bois humide qui dégagea une épaisse fumée. Il savait qu'il devait se reposer. Le marais n'était pas un endroit pour les faibles ou les fatigués, mais avec son esprit qui tournait dans tous les sens, le repos semblait impossible. Pas en étant si près de Katie.

Pourquoi maintenant, après tous ces siècles, était-il si intrigué par une femme ? Bien que mignonne, elle ne possédait pas la beauté éthérée de Roxanne, même s'il admirait sa silhouette plus voluptueuse. Katie était grossière. Une allumeuse qui n'avait pas peur de se salir, intrépide et aussi dérangée que lui. D'où lui venait cette certitude ? Il n'aurait su le dire. Quelque chose dans ses yeux peut-être ? Sa méfiance vis-à-vis des gens qu'elle cachait derrière ses rires ? Les allusions qu'elle avait faites au sujet d'un passé trouble, un passé qui l'avait amenée à rejoindre les rangs de Lucifer ? Il voulait toujours savoir de quoi elle avait voulu se venger.

Ce n'était pas seulement la curiosité pour l'énigme qu'elle représentait qui l'attirait. Il y avait plus que cela. Peut-être qu'il la voyait comme une âme sœur, une âme blessée dans le passé qui s'était fait la promesse de ne plus jamais laisser cela se reproduire ?

Mais ressentir une affinité, aussi farfelue soit-elle, n'était pas une raison pour renoncer à son vœu. Il s'était promis de ne jamais en aimer un autre.

Ce que je ressens n'est pas de l'amour.

Loin de là ! C'était simplement un mélange de contrariété, d'irritation, de frustration et d'émotions superflues. Celle qu'il n'arrivait pas à maîtriser, cependant, semblait être l'excitation.

Est-ce que son corps avait décidé de se rebeller contre son célibat ? Après si longtemps, avait-il désespérément besoin du contact d'une femme ? Quoi d'autre pourrait expliquer sa folle attirance ? Et vis-à-vis d'une furie, qui plus est ?

Peut-être que si je couche avec elle, ça partira.

Mais l'acte trahirait son vœu. C'était un dilemme sans solution.

À moins que je ne sois prêt à renoncer à mon amour pour Roxanne ?

La seule pensée semblait blasphématoire — et si attrayante. Il s'était accroché à sa douleur pendant si longtemps : martyr d'un amour dont il ne se souvenait même plus.

Je ne me souviens même pas de la sensation de l'amour. L'ai-je jamais ressenti ?

De cette époque avec Roxanne, quelques petits mois, il gardait le souvenir d'une angoisse à l'idée d'être pris et de la nature frénétique de leurs quelques rapports intimes. Bon sang, il n'avait même jamais vu Roxanne complètement nue. Juste une jupe remontée sur sa taille le temps de lui donner rapidement ce qu'elle lui demandait en haletant. Ils n'avaient jamais vraiment parlé non plus. Son admiration pour elle le rendait muet. Après tout, qu'est-ce que lui, un pauvre chevalier sans terre ni argent, aurait eu à dire d'intéressant ?

Quand il ouvrait la bouche, c'était généralement pour lui promettre une énième fois de toujours la protéger. *Mon épée vous appartient, ma dame.* Elle avait gracieusement accepté... et l'avait mis à profit, lui demandant de sa voix douce de tuer ceux qui voulaient lui faire du tort. Le nombre, rétrospectivement, était élevé.

Mais elle m'aimait. Et je l'aimais.

Son utilisation du passé ne lui échappa pas. N'aimait-il plus la femme pour laquelle il avait vendu sa vie ? La femme qui l'avait supplié de la sauver au péril de son âme ? Sa moitié humaine en tout cas.

Submergé par toutes ces pensées — de trahison, en un sens —, il pressa ses paumes sur ses yeux. C'était de la faute de Katie. Au diable cette furie à la démarche souple et aux sourires coquins. Elle lui avait fait quelque chose pour le faire douter de ses choix, de son existence. Elle...

Un gémissement le figea, et il leva la tête pour écouter. Quelle créature pouvait si bien imiter le cri de désespoir d'une femelle ? Si Katie n'était pas en train de dormir, il lui aurait posé la question. Tendant l'oreille, il attendit de voir si cela se répétait et dans quelle direction.

Mais le son n'était pas animal, et il se reproduisit juste derrière lui. Il se tourna vers l'abri occupé par Katie.

— Katie ? appela-t-il doucement, mais elle ne répondit pas.

Il s'approcha en jetant un coup d'œil à l'intérieur. Tout paraissait normal, et pourtant, il remarqua que les lèvres de la jeune femme tremblaient et que ses cils battaient.

Elle rêvait — et pas de quelque chose d'agréable à en croire la façon dont elle tremblait. Ses actions la hantaient-elles ? Quelque chose l'effrayait ? Il hésita à la réveiller quand elle explosa dans une rafale de mouvements, en criant :

— N'y pense même pas, fils de pute. Ne me touche pas. Je vais te tuer. Je vais te tuer, putain !

Xaphan sursauta quand elle lança deux poignards étincelants, les yeux fermés et sans rien voir, à un monstre invisible.

— Katie, dit-il pour attirer son attention. Katie.

Il appela plus fort en la voyant continuer à jurer et poignarder. Compte tenu du danger qu'elle représentait, il finit par crier :

— Hé, la furie ! Réveille-toi !

Sa voix lui parvint enfin. Un œil vert et un œil bleu s'ouvrirent et le fixèrent. La folie scintillait dans leurs profondeurs, mêlée à la férocité d'un fauve acculé dans un coin. Pour une raison quelconque, son expression lui serra son cœur.

Avant qu'ils ne puissent dire ou faire quoi que ce soit, l'abri s'effondra sur elle.

Cauchemars stupides. Elle avait espéré qu'ils cesseraient une fois qu'elle aurait tué ceux qui l'avaient blessée et trahie. Comme ça ne s'était pas arrêté, elle en avait tué d'autres, et encore plus. Mais rien ne pouvait empêcher les terreurs nocturnes de consumer son subconscient quand elle dormait.

Dommage.

La plupart pensaient que sa folie — et ses problèmes de colère — étaient innés. Ce n'était pas le cas. Il était une fois, Katie était une enfant normale qui menait une vie de rêve, avec ses couettes et ses petites robes. Puis son père était parti en disant à peine au revoir à la fillette qui l'adorait, et sa mère s'était remariée.

Harry, le con, n'avait pas mis longtemps après le mariage à montrer sa véritable nature. Une brute ivrogne qui battait sa mère, et quand Katie essayait d'intervenir, il la frappait aussi. Mais les bleus guérissaient et elle apprit à éviter son tempérament alcoolique — surtout lorsqu'elle ajoutait des laxatifs à son rhum préféré. Puis tout changea au début de son adolescence, un soir où il entra en titubant dans sa chambre. Comme si elle l'aurait laissé la toucher ! Elle avait appelé sa mère en hurlant. Chancelante, vêtue d'une robe de chambre rose en lambeaux, sa mère avait jeté un œil et haussé les épaules. Puis était sortie.

Harry, suffisamment dégrisé de l'incident, et malgré la permission tacite de sa mère, n'était pas resté. Et après ça, Katie avait dormi avec un couteau. Mais il ne revint pas. Peu de temps après, il partit et un autre homme entra dans la vie de sa mère. Celui-ci n'essaya même pas d'endiguer ses pensées lubriques. Alors Katie l'avait poignardé. Les mains couvertes de sang alors qu'il gisait sur le sol en haletant, sa mère était entrée et, avec un cri d'horreur, était tombée à genoux en criant :

— Qu'est-ce que tu as fait ?

Tu parles d'un amour maternel et de l'instinct de protection vis-à-vis de son enfant.

Trahie, elle avait tué la femme qui l'avait mise au monde, et pas d'humeur à attendre les flics, elle était partie. Elle avait fini à la rue, comme tant d'autres enfants abandonnés. Cependant, avec la liberté vint la vulnérabilité. Les hommes et les garçons s'en prenaient à elle, lui demandant de faire des choses pour de l'argent. Elle refusait et repoussait leurs avances. Mais leurs mains baladeuses et leurs baisers furtifs l'effrayaient, surtout lorsqu'ils la surprenaient ou s'approchaient en groupe. Comment pouvait-elle se protéger ?

Elle pria Dieu. Pria jusqu'à ce que ses genoux saignent. Ce con ne répondit jamais sauf pour lui envoyer davantage de malheurs. En colère et à bout de force, elle appela un autre seigneur, celui des ténèbres.

Lucifer arriva dans un tourbillon de fumée qui l'obligea à reculer pour pouvoir respirer. Lorsqu'elle se dissipa, elle vit un homme inoffensif en costume tenant une plume dans une main et un parchemin manuscrit dans l'autre.

— Vous m'aiderez ? demanda-t-elle avec méfiance.

— Je le ferai.

Au cours d'un dîner qu'il fit apparaître d'un claquement de doigts, ils conclurent leur accord. Et Katie ne le regretta jamais.

Si seulement ses cauchemars de l'époque où elle était une petite fille impuissante pouvaient s'arrêter. Son premier psy lui avait dit qu'elle devait accepter que tous les hommes n'étaient pas des ordures. Elle l'avait jeté dans l'abîme. Son psy suivant lui avait donné des pilules. Comme ça n'avait pas marché, elle l'avait également jeté dans l'abîme. Son troisième psy, qui ne traitait avec elle que par téléphone, lui avait dit qu'elle était comme une princesse sous l'emprise d'une malédiction — un peu comme la belle au bois dormant. Une demoiselle en détresse qui avait besoin de tomber amoureuse, sauf que dans son cas, au lieu de le réveiller, l'amour chasserait ses terreurs nocturnes.

L'idée l'intriguait. Elle avait toujours aimé les contes de fées, sauf qu'il y avait un problème : elle ne cessait de tuer ses prétendants potentiels. C'était plus fort qu'elle : dès qu'ils s'approchaient, elle paniquait, et oups, ils partaient en courant.

En réalité, les cauchemars n'étaient pas si terribles, même s'ils faisaient des ravages sur ses draps et son matelas. Ou dans ce cas, un abri.

Allongée au milieu des débris, elle s'efforça de se calmer tandis que le démon dégageait les branches tombées sur elle tout en jurant. Libérée un instant plus tard, elle remarqua l'inquiétude de Xaphan. Depuis combien de temps n'avait-elle pas vu un homme se soucier ainsi d'elle ?

Est-ce que quelqu'un dans ma vie, avant que je vienne ici, s'est déjà inquiété pour moi ?

— Tu vas bien ? demanda-t-il en lui tendant la main.

Elle la saisit et il tira pour la sortir des débris. À part quelques égratignures, elle était pratiquement indemne… état mental mis à part. Mais là, ça datait d'il y a longtemps.

— Je vais bien. Rien que quelques baisers ne pourront réparer, tenta-t-elle en avançant les lèvres, sans succès.

— Je vois que ton sens de l'humour a survécu, remarqua-t-il sèchement avant de la faire tourner sur elle-même pour vérifier son dos.

— La vie ne vaut pas la peine d'être vécue si on ne peut pas rire.

Silence.

— Désolée si je t'ai réveillé.

— Je ne dormais pas encore.

— Eh bien, moi, j'en ai bien l'intention. Une femme a besoin de repos pour rester belle.

Elle prit son sac au milieu du tas de branches et le jeta près du feu avant de s'allonger en appuyant sa tête dessus.

— Prends mon abri.

Voyez-vous cela… le démon savait se montrer chevaleresque. Mais ça ne fit que l'agacer. Elle n'avait pas besoin qu'il la traite comme une fille.

— Je vais bien. Vraiment. Rien de tel que dormir à la belle étoile.

Même en lui tournant le dos, elle pouvait le sentir qui la regardait. Puis il poussa un soupir et se déplaça. L'instant d'après, elle l'entendit ramper dans l'abri intact, et se détendit. Quel crétin de se comporter comme un gentleman et d'être gentil ! Elle n'avait pas besoin qu'il perturbe l'opinion qu'elle s'était construite sur les hommes : tous des égoïstes, mesquins, qui méritaient les créatures de la mort.

Qu'il garde son abri. Je vais dormir ici près du feu en profitant du ciel nocturne nuageux et des cendres qui tombent doucement…

Et de la pluie qui vint la narguer de ses douces gouttes.

Levant un poing au ciel, elle ne prit même pas la peine de discuter quand il proposa :

— Viens par ici.

Elle jeta son sac en premier, puis rampa dans l'espace restreint.

— Salut, coloc, dit-elle en se blottissant contre lui.

L'abri était juste assez large pour deux, et seulement s'ils s'allongeaient sur le côté. Mouillée et glacée loin du feu — la chaleur de l'enfer n'étant pas suffisante pour dégeler son cœur froid —, elle ne pouvait s'empêcher de frissonner.

Un lourd bras s'enroula autour de sa taille et la tira contre lui. Xaphan la rapprocha jusqu'à ce qu'elle soit collée à lui, dos contre son torse, et ses fesses blotties contre son entrejambe, en position de cuillère. C'était quelque chose qu'elle n'avait encore jamais fait, mais c'était agréable, chaleureux et réconfortant. Autrement dit, tout ce qui éveillait sa méfiance.

— Est-ce que tout ça fait partie de ton plan magistral pour coucher avec moi ? le taquina-t-elle.

— Oui, parce que je peux appeler la pluie sur demande, répondit-il sans prendre la peine de retenir ses sarcasmes. Puisque nous sommes tous les deux éveillés, tu peux me raconter ton cauchemar ?

— Quel cauchemar ? Je ne vois pas de quoi tu parles.

— Bien sûr.

Il remua derrière elle afin de mettre un peu de distance. Pas besoin d'être un génie pour comprendre pourquoi.

— Quelqu'un semble un peu tendu. Je sais ce qui

arrangerait ça.

Et au cas où ses insinuations ne seraient pas assez claires, elle remua ses fesses. Bingo. Quelqu'un avait sans aucun doute une érection.

— Arrête, dit-il en reculant encore.

— Quoi ? fit-elle en se rapprochant.

— J'ai dit non.

— Pourquoi ? Ta femme n'est pas là et je ne lui dirai rien.

— Mais moi, je le saurai.

— Et ça compte pour toi ?

— Oui. J'ai fait une promesse et j'ai l'intention de la tenir.

Le concept l'intrigua. Comment serait-ce d'avoir quelqu'un qui l'aimerait autant ? Qui lui ferait une promesse sincère ? Mais cette promesse, il ne l'avait pas faite à elle, donc elle ne ressentait aucun besoin de la tenir.

— Allez. Donne-moi quelque chose. Je suis trop excitée pour dormir.

— Non.

— Et si moi, je te donnais quelque chose ? On pourrait avoir notre petit moment Lewinsky.

— Non.

— Un baiser ? Un tout petit baiser de rien du tout ne peut pas faire de mal.

— Est-ce que tu vas te taire et dormir si j'accepte ?

— Croix de bois, croix de fer, dit-elle, surprise qu'il accepte.

— D'accord.

Elle adorait quand il utilisait sa voix grondante.

Roulant sur le dos, elle ne voyait rien d'autre que la lueur de son regard alors qu'il se dressait au-dessus d'elle. Elle leva la main sans même réfléchir, et prit sa joue hérissée. Comme si c'était un signal, il fondit sur elle. Elle devina qu'il avait l'intention de lui donner un petit coup de bec et battre en retraite, mais elle ne comptait pas le laisser s'en tirer aussi facilement. Pas quand elle avait imaginé ce baiser pendant des heures.

Elle passa ses deux mains autour de son cou pour l'obliger à rester alors qu'elle caressait ses lèvres des siennes, et quand il chercha à reculer, elle le tint fermement et remua sa bouche contre la sienne. Il essaya de résister, les lèvres scellées et le corps rigide. Mais elle ne céda pas et caressa ses lèvres jusqu'à ce qu'un gémissement lui échappe et que sa passion se déchaîne.

Juste ciel. Ce démon savait embrasser.

Brûlant, haletant et ô combien féroce, il revendiqua sa bouche, lui écartant les lèvres afin de se jeter à l'assaut de sa langue. Le désir la balaya, son entrejambe devint moite comme jamais et ses mamelons se dressèrent. Tout ça par un simple baiser.

Quelle étreinte. Il la dévora comme s'il était affamé, aspira sa lèvre inférieure, sa langue... Leurs souffles se mêlèrent au point que les doux sons de plaisir auraient pu venir de l'un ou l'autre. Une lourde cuisse s'inséra entre les siennes, se pressant contre son sexe, et elle se cambra pour se frotter à lui tel un succube en chaleur.

Elle en voulait davantage. Elle aurait voulu lui arracher ses vêtements pour sentir sa peau. Pour qu'il couvre son corps tout en s'enfonçant en elle.

L'excitation grésillait avec une telle force, était si écrasante qu'elle l'effraya. Elle se sentait dépassée, incapable d'endiguer la vague de passion qu'il éveillait en elle. C'était lui qui commandait son corps en ce moment. Les choses échappaient trop vite à son contrôle et en prendre conscience la ramena à la raison.

Bien qu'elle aurait voulu ne jamais s'arrêter et rester écrasée sous son poids, elle s'écarta et posa ses paumes sur ses larges épaules pour l'interrompre. En ouvrant les yeux, elle vit Xaphan l'observer avec un mélange de confusion et d'excitation.

C'était elle qui l'avait poussé et taquiné jusqu'à finir par le faire céder. Comment faire quand on avait excité sans intention d'aller plus loin ? « Merci pour le baiser. On se voit demain » ?

Xaphan haussa les sourcils.

Le cœur battant toujours la chamade, le corps palpitant et douloureux, elle roula sur le côté pour lui tourner le dos alors que toutes ses terminaisons nerveuses chantaient. Quand il passa à nouveau un bras autour d'elle, elle ne prononça pas un mot, n'émit aucun son, et ne se trémoussa pas, même si elle pouvait entendre son cœur battre de manière tout aussi erratique que le sien.

Elle n'osait pas faire un geste par peur qu'ils se remettent à s'embrasser, car elle savait qu'elle ne pourrait plus s'arrêter. Elle le chevaucherait jusqu'à hurler sous l'orgasme, et bien que ça lui aurait plu, elle n'était néanmoins pas encore prête à le tuer.

5

Après la pire nuit de sommeil de tous les temps — due à des testicules douloureux, un sexe bien dur, un esprit dépassé et une belle ronfleuse blottie contre lui ; mélange incompatible pour passer une bonne nuit de sommeil —, ils emballèrent leurs affaires et repartirent au petit matin. Xaphan resta silencieux pendant que Katie babillait sans cesse, apparemment insensible au baiser qu'ils avaient partagé. Un baiser qu'il ne pouvait oublier et qu'il aurait voulu répéter. Une étreinte qui l'avait amené à réévaluer sa vie. Parce qu'il y avait bien une chose qu'il ne pouvait nier : ce qu'il avait partagé avec Roxanne ne s'était jamais approché de près ou de loin à la passion qui l'avait consumé en touchant Katie.

— Enfer à démon grincheux. Appel de l'enfer. Tu me reçois ?

Arraché à ses pensées — qui tournaient sans fin et sans solution, du moins aucune qu'il n'approuve —, il se reprocha de ne pas être plus attentif. Ils pouvaient être attaqués par n'importe quoi, et à en juger par la bave sur le bras de Katie, ça avait été le cas, et au lieu d'agir comme un soldat expérimenté, il rêvassait sur un baiser.

Redressant l'échine et posant la main sur la garde de son épée, il se promit de faire mieux, d'autant plus qu'ils approchaient d'une sorte de village primitif au milieu des marais.

— C'est quoi ça ? demanda-t-il.

Il regarda avec dégoût les huttes de torchis fabriquées avec, si son nez ne se trompait pas, de la boue et de la merde.

— Marais-Ville.

— Sérieusement ?

Quelle originalité.

— Oui, et ne te moque pas à moins que tu veuilles affronter toute la ville. Ils sont un peu susceptibles sur le sujet.

— Les simplets le sont généralement, marmonna-t-il.

Le sourire qu'elle lui adressa accéléra les battements de son cœur.

— Tu juges tellement. Ai-je mentionné que ça me plaît ?

— C'est parce que tu es timbrée.

Il le dit presque affectueusement, et elle sourit davantage.

— J'imagine, puisque tu connais le nom de ce cloaque, que tu y es déjà venue ?

— Oui. C'est la seule vraie ville notable des marais, principalement parce qu'elle est suffisamment en hauteur pour ne pas être emportée en cas de tempête. Les fugitifs se retrouvent souvent ici, d'où ma connaissance du lieu. Et même quand je ne chasse pas, j'interviens pour des visites occasionnelles. En venant par le chemin principal, bien sûr, pas l'itinéraire que nous avons emprunté.

— Et pourquoi venir ici, bon sang ?

La misère et les habitants à eux seuls auraient fait fuir une personne saine d'esprit. Oups, il répondait à sa propre question.

— J'adore les bains de boue, tu te souviens ? répondit-elle avant d'éclater de rire devant son air incrédule. Bon d'accord, et le clair de lune aussi. Tu n'as rien bu tant que tu ne t'es pas enfilé un bon vieux tord-boyaux du bayou.

— Non, merci.

— Tu ne sais pas ce que tu rates, grincheux. Peut-être qu'une fois que nous aurons fini ici, je t'offrirai un verre. Détends-toi un peu.

— Sur mon cadavre.

— Oh, j'accepte le défi.

— Ce n'était pas un défi.

— Mais bien sûr, dit-elle en levant les yeux au ciel comme pour dire qu'elle ne le croyait pas.

— Tu es dingue.

— Et toi, tu te répètes. Écoute, je sais que tu meurs d'envie que je te tente, sinon tu ne passerais pas ton temps à me mettre au défi. Mais on doit d'abord se concentrer sur le travail.

— Je ne fais pas du tout ça.

— Nooon, évidemment, dit-elle avec un lent clin

d'œil. Continue de te le répéter, mon grand. Oh ! s'interrompit-elle soudain en frappant dans ses mains. Je viens de trouver un indice. À en juger par ce collier suspendu dans cette stalle, c'est par ici que notre kidnappeur est passé.

Effectivement, un collier en or sur lequel était gravé « Fluffy » brillait dans la faible lumière qui se déversait entre les nuages de cendres. Un démon trapu à la peau verte couverte de pustules, avec des défenses dont les pointes jaunes dépassaient de chaque côté de sa bouche et un œil caché par un bandeau sale, les vit et cracha par terre.

— Un bijou pour ta salope ?

Katie posa une main sur sa hanche et passa Xaphan en revue avant de se mordre la lèvre inférieure.

— Je ne sais pas. Avec tous ces stéroïdes, il a un cou plutôt épais pour cette babiole. Tu peux m'en faire un peu plus fin ? Mais pas trop. Heureusement pour moi, son cou n'est pas son seul organe à être gros, ajouta-t-elle en gloussant.

Partagé entre le désir de bomber le torse à ses louanges ou se cacher parce qu'elle disait cela à un étranger, Xaphan se concentra à la place sur le vendeur dont le regard le suppliait de faire connaissance avec son poing.

— Je ne peux pas t'en faire un autre, blondinette. J'ai eu celui-ci en échange d'autre chose.

— Oh, mince alors, fit-elle avec une moue adorable. J'imagine que tu ne sais pas qui te l'a donné.

Peut-être que je pourrais le trouver et lui demander de m'en faire un autre.

Son unique œil se plissa de suspicion, et le vendeur cracha au sol.

— Non. M'en souviens pas.

— Quel dommage, dit-elle en se penchant en avant.

Ayant déjà fait les frais de ce mouvement et de l'abondante quantité de seins qui en résultait, Xaphan ne comprenait que trop bien le regard vitreux et la bave suspendue à la bouche du vendeur. Il n'aima pas du tout. À la fois la bave et le fait que quelqu'un d'autre la regarde avec des pensées tout sauf pures.

— Je te serais tellement reconnaissante si tu pouvais t'en souvenir, ronronna-t-elle en passant un doigt sur la tunique tachée du démon.

— Euh. Euh, bégaya le vendeur, pris de frissons et en sueur.

Un froncement de sourcils et elle se pencha en arrière.

— Mince, dit-elle en reculant, l'air préoccupé. J'avais oublié comment sont les démons ici. Je vais devoir attendre que le sang remonte à son cerveau.

— Touche-moi et je te dirai tout ce que tu veux, réussit à lâcher le démon avant de commencer à se toucher l'entrejambe.

— Dans tes rêves, gronda Xaphan en tirant son épée.

Le son qui s'en dégagea, un appel de clairon métallique, figea les voix dans la rue sale. Il tint la pointe contre la gorge du démon.

— Dis à la dame ce qu'elle veut savoir ou je te coupe en morceaux, en commençant par la partie avec laquelle tu réfléchis en ce moment.

— Tu ne peux pas me menacer, gémit le sale démon.

— D'après qui ?

— Nous, gazouilla une voix humide.

L'épée toujours contre la gorge du démon, Xaphan tourna la tête et vit une foule de démons peu recommandables, d'âmes damnées et d'autres êtres s'approcher d'eux.

— Je suis ici au nom du seigneur. Alors reculez.

La posture droite et digne, sa voix résonna haut et clair sans un soupçon de peur. Elle ne put qu'admirer son courage inébranlable, même si ça devait se solder par sa mort.

— Ou bien quoi ? cracha un troll au ventre qui pendait bien bas sous son pagne.

— Katie, s'il te plaît, surveille notre informateur pendant que j'enseigne aux racailles de cette ville à respecter leur seigneur et ses serviteurs.

— Ouh. Un combat ! cria-t-elle. Dix litres d'alcool que Xaphan vous enverra dans le marais.

— Seulement dix ? répondit Xaphan avec l'ombre d'un sourire alors qu'il agitait son épée et roulait des épaules pour se préparer.

— Où avais-je la tête ? Cent litres.

Encouragé par sa furie – ce qu'il trouva agréable –, Xaphan se fondit dans l'ombre et chaque fois qu'il en ressortait, un habitant de Marais-Ville mourait ou, dans le cas des damnés qui ne le pouvaient pas, se retrouvait en morceaux.

Tapant de joie dans ses mains, Katie s'assit sur l'étal du vendeur et observa la scène. Derrière elle, le démon à la mauvaise haleine encourageait ses amis, mais voyant les mouvements habiles de Xaphan et la façon dont il se déplaçait, elle n'avait aucun doute sur l'issue du combat.

Épée dans une main et poignard d'argent dans l'autre, son démon grincheux dansait. Un pas en avant, un coup porté. Oups, un bras qui tombait. Un coup de poignard. Pirouette. Oh, ça devait faire mal.

Soudain, il disparaissait, laissant ses ennemis perplexes. Pas pour longtemps. À quelques pas, il réapparaissait et, joueur, tapait parfois sur une épaule. Ça ne sauva pas la foule de tourbillonner dans tous les sens. Face à son épée et son habileté, les habitants de Marais-Ville – enfin, les tyrans belliqueux en tout cas – périssaient. Les plus intelligents restèrent en retrait et regardèrent, tandis que les âmes damnées les plus folles qui s'en mêlaient étaient tranchées et coupées en dés. Heureusement pour elles, elles ne pouvaient pas mourir, juste pleurer en suppliant les gens de les rassembler. Mais les démons, et ceux nés dans cet endroit et amenés ici encore vivants, tombaient pour ne plus jamais se relever.

Quand le nombre de combattants diminua, le vendeur derrière elle se tut et tenta de fuir. Elle tendit rapidement une main et l'attrapa par sa tunique graisseuse.

— Et où penses-tu aller ? demanda-t-elle. On n'a pas encore fini.

Comme toujours avec son espèce, il ne la crut pas et, se croyant plus gros et plus fort, tira sur sa main. C'était drôle comme quelques coups de couteau le motivèrent à mieux se comporter. Pendant ce temps, Xaphan en termina avec son dernier agresseur sous l'acclamation débridée de Katie : « Allez, grincheux, allez ! »

Quand il se tourna vers elle, un demi-sourire sur les lèvres, bien qu'il secoue la tête en marmonnant « Espèce de folle », elle décela l'affection dans son ton. Réchauffée et troublée à la fois, elle passa ses nerfs en pressant un coude contre le cou du démon sur lequel elle était assise.

— Qui est le gars qui t'a donné le collier ? demanda-t-elle.

Un gargouillement fut sa réponse.

— Joue au plus têtu. Je sais comment te faire parler.

Une ombre apparut près d'elle et Xaphan se matérialisa.

— Euh, Katie. Tu devrais peut-être le laisser respirer si tu veux qu'il réponde.

Oups. Elle retira son bras de sa gorge.

— Réponds.

Prenant de grandes inspirations, le vendeur démoniaque babilla :

— Je ne le connais pas. Je le jure. Il est entré et a

échangé le collier contre de la nourriture, un chariot et une salamandre des marais pour le tirer.

— Où allait-il ?

— Je ne sais pas.

— Sais-tu ce que je fais aux démons qui me mentent ? dit-elle en appuyant la pointe de son couteau sous son œil restant.

— Sud. Ils sont allés vers le sud. J'ai entendu parler de *l'Antre Poilue* dans le neuvième cercle, mais c'est tout.

Agenouillé à côté d'elle, Xaphan donna un petit coup au front du démon.

— Qui sont-ils ?

— Juste deux démons jaunes avec un horrible lézard en laisse.

— Il était rose ?

— Peut-être. Difficile à dire avec la boue partout et la couverture qu'ils lui avaient attachée sur le dos.

Katie se releva et rengaina ses couteaux.

— Formidable. Je me suis cassé les ongles en traversant le marais pour rien.

— Comment ça ? On a une piste.

Au lieu de ramper comme tout démon intelligent, le vendeur fixa l'entrejambe de Katie. Elle lui mit un coup de pied bien placé avant de s'éloigner.

— Bah. Ça n'a rien d'une piste. C'est l'endroit où j'avais l'intention d'aller si notre enquête ici n'aboutissait pas. Tout ce qui est illégal passe par *l'Antre Poilue* à un moment ou à un autre.

— Oserais-je demander pourquoi ça s'appelle « Poilue » ?

— Pourquoi t'expliquer quand je peux te montrer ? dit-elle avant d'éclater de rire en le voyant reculer. Pas sur moi, idiot. Chez moi, c'est rasé… tout chauve. Cette semaine en tout cas. J'aime alterner. Quand je dis montrer, je voulais parler du bar. À moins que tu ne veuilles d'abord vérifier si je dis la vérité ?

— Euh, non, merci.

— Fais-moi savoir si tu changes d'avis. Ou si tu veux le frotter pour que ça te porte chance, dit-elle avec un clin d'œil avant de rire en voyant le rouge lui monter aux joues.

Mince, elle adorait quand il faisait ça.

Fouillant sous son T-shirt, elle sortit une amulette et la leva.

— C'est pour quoi faire ?

— Notre billet de retour rapide à la maison. Lucifer l'a fait faire pour moi le jour de mon anniversaire. C'est pratique pour le travail.

Et les nuits où elle était trop ivre pour rentrer chez elle à pied.

Elle prononça une incantation et un trou noir apparut, un portail portable menant droit au premier anneau de l'enfer. Juste quand elle allait le franchir, elle s'arrêta et frissonna en sentant quelque chose de visqueux glisser sur sa cheville. Mais avant qu'elle puisse tuer le démon qui osait la lécher, Xaphan s'en chargea en lui coupant la tête.

La bouche grande ouverte, elle le dévisagea tandis qu'il se contentait de hausser les épaules avec un flegme qu'elle trouva plus qu'excitant.

— Il m'a offensé. Et tu n'es pas la seule à avoir des problèmes de colère.

Riant comme une idiote – et appréciant de plus en plus Xaphan –, elle entra dans le trou suivi de son énigmatique grincheux.

6

Ayant quelques heures à tuer avant de retrouver Katie — parce que cette fois il trouvait inutile d'essayer de la semer —, Xaphan alla consulter Lucifer. Le diable était allongé dans sa salle de cinéma et regardait, à travers les cieux, son frère Dieu jouer au golf. Voilà un endroit qu'il ne pourrait jamais visiter vu ses nombreux péchés, mais étant donné les nombreux rapports qu'il recevait au sujet d'anges tombant intentionnellement en disgrâce juste pour pouvoir s'amuser, il s'estimait heureux.

— Mon seigneur ? Puis-je vous parler un instant ?

Levant une main, Lucifer lui fit signe de se taire. Xaphan se tourna vers l'écran où Dieu se préparait à tirer, faisait un swing et envoyait la balle près d'un nuage duveteux.

— Ha. Je ne me lasse pas de regarder ce coup, s'exclama son patron avant de se tourner vers lui et lui faire signe d'approcher. Entre, entre. J'étudiais mon adversaire. J'ai des espions qui enregistrent les pratiques de mon frère. Ce crétin a d'excellentes techniques de *putting* et de *chipping*, mais il est nul près de l'eau et du néant. Il faut que je pense à dire à mes serviteurs d'en mettre plein pour notre tournoi de la semaine prochaine, même s'ils doivent poser de la TNT pour les trous et importer l'H2O à la main.

— Tout le monde en enfer vous soutient, monsieur.

Tous les siècles, Lucifer, Dieu et les divinités des autres plans dont personne ne savait grand-chose se réunissaient pour le tournoi de Golf Across The Planes. Son seigneur n'avait encore jamais gagné, mais tant qu'il battait son frère, il revenait d'humeur joviale. Les rares fois où il perdait contre lui… ses crises de colère étaient ressenties bien au-delà de l'enfer : il n'y avait pas que Terre-Mère capable de provoquer des tremblements de terre.

— Bien sûr, ils applaudissent parce que je suis fabuleux. Si seulement je pouvais trouver un caddie. Depuis la débâcle de l'année dernière où le mien est tombé dans cette malheureuse fosse d'alligators au 16e trou, je n'arrive pas à trouver quelqu'un de fiable.

Tout le monde en avait entendu parler, et des millions de personnes l'avaient vu sur HBN — Hell's Broadcasting Network. Le club de Lucifer s'était envolé après son coup et avait frappé le caddie hébété à la tête. Celui-ci avait trébuché en arrière en faisant des moulinets avec les bras, et tout le monde avait entendu son long cri lorsqu'il s'était effondré, et les craquements quand il se faisait dévorer. Et pendant ce temps, Lucifer regardait la scène avec un sourire satisfait. Certains disaient que la punition était trop dure, mais la plupart pensaient que le caddie le méritait totalement pour avoir donné à leur seigneur un fer numéro sept à la lame tranchante alors qu'il avait besoin d'un numéro cinq pour chipper.

— Peu importe qui sera votre caddie, monsieur, vous l'emporterez uniquement par votre compétence.

Pur cirage de pompe, mais on ne vivait pas jusqu'à un âge démoniaque avancé sans s'y adonner de temps en temps.

Lucifer sourit.

— Assez parlé de ma magnificence. Qu'est-ce qui t'amène ? As-tu déjà trouvé le dragon ?

— Non, mais nous avons une bonne piste que nous vérifierons dans la matinée. En fait, je suis ici pour affaire personnelle.

Une affaire qu'il avait ruminée et tournée dans tous les sens, sans arriver à prendre une décision lucide. En l'absence de véritables amis proches — ses problèmes de colère mis à part, la plupart trouvaient son visage lugubre trop déprimant pour faire la fête —, il se tournait vers la seule personne en qui, curieusement, il avait plutôt confiance.

— Oh oh, tu voudrais que je t'assigne un nouveau partenaire. Je sentais que ça allait arriver. Je sais que Katie peut sembler un peu superficielle, mais je t'assure qu'elle est un de mes meilleurs éléments.

— Je sais, monsieur, et je ne suis pas ici pour la faire remplacer. Elle a de grandes compétences en tant que traqueuse et combattante. Mon problème, c'est que j'ai du mal à rester fidèle à mon vœu.

— Quel vœu ? Tu veux dire celui que tu as fait à cette harpie... Comment s'appelle-t-elle déjà ?

Xaphan grimaça à l'insulte mais il savait qu'il valait mieux ne pas le corriger.

— Roxanne, monsieur.

— Ah oui. Roxanne. À cause d'elle, tu as juré d'être un type ennuyeux et coincé qui préfère se branler au lieu de s'envoyer en l'air.

Expliqué d'une manière aussi grossière, ça semblait remarquablement stupide, mais il défendit tout de même sa décision.

— Je restais fidèle à mon amour, monsieur.

— Argh, le fit taire Lucifer. Ne prononce pas ce mot à voix haute. Je déteste ça. Sais-tu que Gaïa n'arrête pas de me demander de le dire ? Elle affirme que je devrais être capable d'exprimer mon affection. Tu crois que crier : « Oui, chérie, c'est ça, bien profond ! » suffirait à lui prouver ce que je ressens ? Mais non. Elle veut le mot A. Les femmes ! Mais tu n'es pas ici pour entendre parler de mes problèmes relationnels ou voir la vidéo qui, je dois l'avouer, est une véritable œuvre d'art. Tu as un dilemme, et à en juger par ton âme et ton visage, je dirais que ce vœu fait dans la précipitation de ta jeunesse te hante. Ou comme j'aime l'appeler, tu souffres d'un cas extrême de couilles douloureuses.

Contrairement à ce que l'on pensait, le seigneur de l'enfer était un homme astucieux qui comprenait ses sujets et qui allait toujours droit au but, même s'il manquait d'éloquence.

— Je veux rester fidèle à Roxanne. J'ai fait un

vœu et j'ai l'intention de le tenir. J'ai besoin de savoir comment combattre cette attirance contre-nature.

— Je suppose que tu parles de Katie.

Qui d'autre ?

— Oui. Quand je suis avec elle, j'oublie Roxanne et je ne pense qu'à...

— La pencher en avant et la sauter. Chatouiller ses amygdales. La décorer de perles. Oui, je vois. Heureusement que tu es venu me voir. J'ai une solution simple à ton problème. Évite Katie.

Ne pas la voir ? Xaphan rejeta immédiatement l'idée au motif qu'elle ne lui plaisait pas, tout simplement.

— L'éviter est le chemin du lâche et ce n'est pas réalisable, étant donné notre mission.

— Alors je vais te libérer de ta mission et te réaffecter du côté des mortels.

Xaphan secoua la tête.

— Non. J'ai accepté la mission et je la mènerai jusqu'au bout aux côtés de ma partenaire. C'est le comportement honorable à adopter.

— J'aimerais vraiment que tu évites de dire ce genre de choses à voix haute. Ça va à l'encontre de tous mes principes.

— Je me suis oublié. Ce que je voulais dire, c'est que je veux tuer les salauds qui ont osé voler le plus grand seigneur de tous les plans.

Lucifer afficha un large sourire.

— C'est mieux comme ça. Quant à ton dilemme avec Katie, je ne vois qu'une seule solution possible. Saute-la.

Voilà une réponse avec laquelle son sexe était de tout cœur d'accord, ce qui était la racine même de son problème.

— Mais c'est justement ce que j'essaie d'éviter.

Lucifer poussa un profond soupir et ses yeux commencèrent à lancer des flammes.

— Écoute, fils. As-tu oublié qui je suis ? Si tu veux rester fidèle à ton vœu et jouer les vertueux, alors va parler à mon frère. En ce qui me concerne, rien ne me ferait plus plaisir que te voir rompre ta stupide promesse, déchirer les vêtements de cette fille et pécher avec elle jusqu'à ce que les diablotins rentrent à la maison. Mais tu savais déjà que je dirais ça, et c'est pour ça que tu es venu me voir, n'est-ce pas ?

Son patron venait de mettre le doigt sur la vérité et Xaphan ne prit même pas la peine de nier. Oui, il savait que Lucifer l'encouragerait à céder à ses désirs.

— Est-ce mal de vouloir un peu de bonheur ?

— Je suis ravi de dire que c'est un désir totalement égoïste. C'est également normal. Tu as fait une promesse il y a longtemps quand tu n'étais qu'un gamin, sans en comprendre pleinement les conséquences. Tu t'es basé sur un engouement que tu pensais être de l'amour. Tu n'es ni le premier, ni le dernier : les hommes sont souvent gouvernés par leur sexe. C'est à cause du manque de sang dans notre cerveau : défaut de conception, si tu veux mon avis. L'envie irrésistible de mettre nos queues dans quelque chose de doux est la première cause de notre chute. Mais tu as le choix de ne pas continuer à t'enfoncer dans une erreur que tu as commise il y a des siècles. L'enfer est un endroit moche. Cette foutue cendre salit tout, mais ce n'est pas parce que tu vis au milieu de la saleté, de la violence et du péché que tu ne peux pas saisir le bonheur. Ou dans ce cas précis, une paire de fesses douces faites pour être giflées, conclut Lucifer en sautant de son siège pour danser en poussant les hanches en avant et en arrière.

— Je ne sais pas. Ça semble si facile quand vous le dites. Mais et après ? Est-ce que je ne vais pas ressentir de la culpabilité ou du dégoût de moi-même ?

— Probablement les deux, ce qui signifie que tu seras de retour à ton état d'auto-flagellation habituel. Ça devrait te rendre heureux.

— Et si je ne le suis pas ?

Et s'il voulait recommencer encore et encore ? Se transformerait-il en un démon accro au sexe ?

Non, car il n'y a qu'une seule femelle qui semble provoquer cette réaction.

Lucifer lui saisit la tête.

— Arrête d'y penser autant et fais-le. Défoule-toi. Fais faire de l'exercice à tes nageurs. Ensuite, vois comment tu te sens.

— Peut-être qu'elle dira non ?

Il le dit d'un air interrogateur, mais une part de lui savait que s'ils s'embrassaient à nouveau, à moins d'un public ou d'une attaque mortelle, il n'y aurait pas de retour en arrière.

— C'est une possibilité. Ou elle pourrait te monter comme un poney sur un sentier plein de nids-de-poule et te rappeler ce qu'est le plaisir. Oh, mais fais attention une fois que tu auras fait la bête à deux dos. Ma furie préférée a des problèmes de gestion de colère.

— Je sais. C'est une des choses que j'aime chez elle.

— J'ai toujours su que tu étais bizarre quelque part à l'intérieur, déclara Lucifer avec un sourire et une tape dans le dos. Maintenant, va la chercher et saute-la jusqu'à ce qu'elle marche les jambes arquées pendant une semaine.

Une semaine ? Étant donné son énergie sexuelle refoulée, s'il se laissait aller, elle pourrait se retrouver dans un fauteuil roulant avec les jambes engourdies pendant un mois.

Alors qu'il imaginait déjà les différentes manières de la prendre, il lui vint vaguement à l'esprit qu'il ne songeait plus à son vœu. Repousser cette petite pensée lui parut facile face à l'image de deux yeux dépareillés et brûlants de convoitise qui le fixaient les lèvres entrouvertes en le consumant de désir.

Après le départ d'un Xaphan déterminé à coucher avec une certaine folle, Lucifer avait envie de danser de joie, mais pour ne pas se porter la poisse, il alla à la place se chercher une collation. Il venait tout juste de finir de se préparer un encas décadent quand Katie fit irruption dans la cuisine en sautillant, juste à temps pour piquer son brownie au chocolat chaud recouvert de crème fouettée.

— Mon préféré ! Merci, patron.

Elle lécha la cuillère d'une manière qui le rendit plus qu'heureux de lui donner le gâteau tout entier, et se prépara une autre part en attendant la suite. Effectivement, elle n'était pas venue parler uniquement de sa fabuleuse personne et de l'avancée de la mission.

— Quelle place occupe Xaphan parmi tes serviteurs ? demanda-t-elle en léchant son doigt après l'avoir trempé dans la crème.

— C'est un excellent soldat.

— Alors il te manquerait s'il disparaissait ? demanda-t-elle avant de sucer un morceau de brownie les yeux fermés tout en arborant une expression béate.

— Katie, dit-il en adoptant son ton paternel d'avertissement. Tu ferais mieux de ne pas avoir l'intention de le tuer.

— Pas exactement, mais j'aimerais coucher avec lui. À condition qu'il oublie sa foutue femme assez longtemps pour passer à l'acte.

— Femme ? Il t'a dit qu'il était marié.

La fierté envahit Lucifer au mensonge de son serviteur guindé.

— Pas exactement. C'est plutôt comme s'il était pris par une femme.

— Oh, elle l'a bel et bien pris, marmonna Lucifer. Si tu as peur d'être pourchassée par une petite amie jalouse, alors pas d'inquiétude.

— Donc, il n'est pas en couple ?

— Pas dans le sens où tu l'entends, répondit-il énigmatiquement.

Il préférait tellement laisser les événements se dérouler d'eux-mêmes, avec juste un petit coup de pouce de sa part, et s'asseoir pour regarder le spectacle.

— Ça explique pourquoi il n'a eu aucun problème à enfoncer sa langue dans ma gorge.

Surpris, Lucifer la regarda bouche bée.

— Il t'a embrassée ?

— Oh oui, et il aurait continué si je l'avais laissé faire.

— Nom de Dieu, il a omis cette partie pendant que nous parlions, s'exclama-t-il en éclatant de rire.

Sale petit démon. De quoi donner envie à un diable d'essuyer une larme d'orgueil.

— Il t'a parlé ?

Il repoussa sa question d'un geste de la main.

— Oui, mais je ne peux pas en discuter. Confidentiel, trucs d'homme à homme, si tu vois ce que je veux dire. Sache juste que tu lui as fait une sacrée impression.

Du genre frapper à travers l'armure que son soldat avait construit autour de son cœur. Exactement comme il l'avait espéré.

Katie se redressa.

— Alors il parlait de moi. Impressionnant.

— On s'éloigne du sujet. Tu parlais d'avoir des relations sexuelles. J'approuve totalement.

Après tout, ça faisait partie de son plan directeur.

— Oui, mais si j'accepte de le laisser faire du stop dans le petit train Katie, est-ce que j'ai le droit de le tuer après ?

— Je préférerais que tu ne le fasses pas. Je le trouve très utile, dit-il en adoptant un ton plus doux et paternel qui faisait généralement rire sa fille Muriel. Est-ce que toutes ces questions sont ta façon de me dire que tu l'aimes bien ?

Sans lever les yeux, Katie remua sa cuillère dans les débris de chocolat.

— Je n'aime pas les hommes.

— Les hommes humains. Xaphan est un demi-démon.

— Les démons aussi sont des porcs.

— Voilà que tu généralises. Est-ce que Xaphan a fait quelque chose pour que tu ne le trouves pas digne de confiance ?

Elle fronça les sourcils.

— Non. Tu sais qu'il me tient même la porte ? C'est dingue. Mais je suis sûre qu'il cache un côté maléfique. Je pense que toute sa gentillesse fait partie d'un plan diabolique pour me sauter dessus tout en prétendant que ça ne l'intéresse pas.

— Oh, tu l'excites, ma chérie. Et même qu'il se déteste pour ça, annonça Gaïa en se glissant dans la cuisine, vêtue d'une robe diaphane qui aurait été mieux sur le sol de sa chambre.

— Dégoût de soi ? demanda Katie en se redressant. J'adore. Alors il ne sera pas collant si on le fait ? Je devrais le tuer à coup sûr si ça arrivait.

— Non. J'ai l'impression que ton demi-démon s'enfuira une fois qu'il aura fait sa petite affaire avec toi. C'est un gros cochon, comme tous les autres, répondit Gaïa en arquant un sourcil en direction de Lucifer et couronnant son expression satisfaite par un sourire narquois.

— Tu veux bien ne pas t'en mêler ? siffla Lucifer à sa petite amie.

— Non, dit-elle en le mettant au défi avec son regard vert. Tu n'es pas le seul à pouvoir donner des conseils.

— Je dirige cet endroit, s'écria-t-il en tapant du poing sur le plan de travail en granit.

— Et ?

— Et ça veut dire : reste en dehors de mes affaires d'employés, bafouilla Lucifer de la voir le défier.

— Tout comme tu es resté en dehors de mon jardin par le passé ?

Il gémit.

— Tu ne vas pas recommencer ! Bon sang, femme, c'était il y a un million d'années. J'étais jeune et je m'ennuyais. Regarde le plaisir qui est ressorti de toute cette histoire de pomme. Je suis la raison pour laquelle le sexe a été inventé.

— Ha ! Tu rêves. Je suis celle qui a introduit l'excitation chez les animaux du monde entier. Tu as juste eu de la chance avec la façon dont les événements se sont déroulés.

— Tu veux dire que tu as eu de la chance ? dit-il en lorgnant Gaïa avant de la saisir.

Elle s'échappa avec un petit rire et il la pourchassa autour de l'îlot de cuisine pour la prendre dans ses bras. Voyant que Katie se sauvait discrètement, il se blottit dans le cou de sa petite amie. Terre-Mère le rendait fou, mais bon sang, de toutes les femmes qu'il avait eues — et elles se comptaient par milliers —, elle était la seule avec qui il en voulait toujours davantage.

Mais ce n'était pas de l'amour. Non. Pas pour lui. Il aimait juste ce qu'elle faisait avec sa langue. Et peut-être son rire aussi.

Bon, d'accord. Il aimait beaucoup de choses chez elle, mais il n'allait quand même pas lui offrir son cœur sur un plateau. Pour le moment, ils étaient dans une cuisine et il avait encore faim… Quelques secondes plus tard, sa robe était par terre et elle se retrouvait assise sur une assiette, les jambes écartées : un festin pour lui.

Rien de tel qu'une tarte fraîche fourrée à la pomme verte, sucrée et acidulée, exactement comme il l'aimait.

Tandis qu'elle tirait sur ses cheveux et qu'il activait sa langue, il parvint à oublier un instant son plan pour reconstruire son armée. Et quand plus tard elle lui rendit la pareille à genoux, il oublia même son propre nom.

7

Le lendemain matin, Xaphan n'était toujours pas décidé. En quittant Lucifer, les choses semblaient si claires : trouver Katie, la sauter jusqu'à n'en plus pouvoir avant de retourner à son état de solitude en se flagellant pour avoir trahi Roxanne.

Ou… il pouvait faire quelque chose de complètement dingue, comme oublier complètement son vœu et voir où cela mènerait avec Katie. L'idée l'intriguait. Imaginer ne pas se réveiller dans la solitude ou avec l'âme aspirant aux ténèbres. S'endormir auprès de quelqu'un pour la première fois de sa vie, vu qu'il n'avait jamais osé une chose pareille durant sa dernière relation cachée. Quel effet cela ferait de sourire et de partager ce que l'enfer avait à offrir ? Quelle tentation pour un soldat solitaire.

Pourquoi ne pourrais-je pas être heureux ? N'avait-il pas assez souffert ?

Il s'était presque convaincu de mériter cette chance de vivre… quand, sans faire exprès, son regard était tombé sur son autel. Il aurait juré que les yeux du portrait le fixaient avec déception et l'accusaient d'être infidèle… un homme mauvais.

Il eut l'impression d'être la créature la plus vile de l'enfer.

Mais il ne s'excusa pas : impossible de prononcer ces mots. Il ne mentirait pas — ce qui énerverait sûrement son seigneur. Malgré son vœu, la honte et la culpabilité, il ne pouvait s'empêcher de désirer Katie.

Or la lâcheté l'empêchait de passer à l'action. Il n'alla donc pas la retrouver chez elle pour la séduire et ne prévit pas de plan de séduction pour la mettre dans son lit. Une part de lui espérait qu'elle prendrait les devants et qu'elle le séduirait comme elle avait failli le faire dans le marais. Qu'elle lui faciliterait la tâche, bon sang, parce que, n'ayant jamais vraiment courtisé de femme, maintenant qu'il en avait trouvé une qui lui donnait l'envie d'oublier son vœu, il ne savait pas comment faire, à part se morfondre et se hâter de la retrouver. Il se mit donc en route d'un pas vif et d'un regard déterminé qui motivaient les âmes damnées sur son passage à se mettre à l'abri.

Il retrouva Katie près du portail du neuvième cercle — si belle et désirable dans une minijupe qui couvrait à peine ses jambes, un haut dos nu sans soutien-gorge qui s'arrêtait à la limite de ses mamelons et les cheveux attachés en une haute queue de cheval. Son cœur se mit à battre d'excitation à l'instant où son regard se posa sur elle. Oubliés son vœu, leur mission, tout. Il voulait simplement la plaquer contre le mur le plus proche, sucer ses lèvres pleines et s'enfoncer dans sa chaleur.

— Salut, grincheux, dit-elle avec un signe de la main et un sourire. Tu es prêt ?

Un peu qu'il l'était. Oh mince, elle parlait de partir en mission.

— Oui. Mais où sont tes armes ? Je te rappelle qu'on ne part pas faire une balade d'agrément dans les beaux quartiers.

Un sourire éclatant se dessina sur les lèvres de Katie.

— Ne t'inquiète pas pour moi, bébé. J'ai tout prévu. Et puis, que pourrait craindre une femme avec une *grande* et *puissante épée* comme la tienne ? dit-elle avec un clin d'œil.

Étrangement, il eut l'impression qu'elle ne faisait pas référence à l'épée attachée le long de son dos. Son torse se gonfla en même temps que son sexe.

— Joli manteau, remarqua-t-elle alors qu'ils s'approchaient du portail. Qu'est-il arrivé à l'autre ? Celui que j'avais emprunté ?

Le rappel qu'il portait son cache-poussière en cuir marqué par les batailles refréna légèrement ses ardeurs.

— Mon manteau préféré a été décoré de paillettes roses. Mais tu n'es pas au courant, n'est-ce pas ?

— Qui, moi ? demanda-t-elle en ricanant. Bon, d'accord. Je plaide coupable : j'ai rendu ta veste plus éblouissante. Mais, pour ma défense, j'espérais que tu me la donnerais.

Aussitôt, il l'imagina nue, vêtue uniquement de sa veste.

— Viens chez moi quand nous aurons fini aujourd'hui, et tu pourras l'avoir.

Et il ne parlait pas seulement de la veste qu'elle avait ruinée ; il avait également autre chose à lui donner.

Le cri qu'elle poussa ne le rendit pas complètement sourd, mais l'étreinte enthousiaste et le baiser chaleureux sur ses lèvres le laissèrent sans voix. Avec une pirouette et un petit rire, elle disparut alors dans le portail. Soupirant, pour plus de raisons qu'il ne pouvait en compter, Xaphan la suivit.

Pour ceux qui ne connaîtraient pas l'enfer, des portails existent à divers endroits définis dans chacun des neuf cercles, et sont un moyen rapide de se déplacer. Bien sûr, si un être voulait emprunter la route la plus pittoresque du Styx avec Charon pour guide, il le pourrait aussi, mais il n'y a aucune garantie d'y parvenir : les habitants du plus long fleuve de l'enfer ont faim de viande fraîche.

Émergeant du point de transfert et frigorifié car à l'instant de la téléportation un froid glacial vous transperçait les os, il vit que Katie s'avançait déjà sur la route poussiéreuse. Son attention se partagea aussitôt entre les ombres qui garnissaient les alcôves de ce lieu délaissé et le balancement de ses hanches.

— *L'Antre Poilue* est juste là, annonça-t-elle comme si le panneau arborant un sexe de femme recouvert d'un buisson suffisamment épais pour cacher des créatures ne suffisait pas.

Le neuvième cercle n'était pas connu pour sa classe.

Xaphan la rattrapa et entra à sa suite dans le lieu bruyant. Malgré l'heure matinale, l'endroit était déjà bondé : en enfer, la débauche et l'alcool étaient permanents.

En entrant dans la salle enfumée, Xaphan se mit immédiatement en alerte et passa les visages en revue avant de classer la plupart dans la catégorie « inoffensifs ». Débauchés, vieux, ivres ou défoncés, les clients lui jetèrent à peine un regard, contrairement à sa furie. Tous les yeux suivaient le déhanché de Katie dans le bar et certains regards brillaient de désir, au point où il regretta de ne pas avoir apporté de cape pour la couvrir. Mais il pourrait aussi les rendre tous aveugles — comme il pourrait continuer à profiter de sa tenue.

La jalousie… une émotion inédite qu'il appréciait car elle alimentait sa soif de violence. Ce qui n'était jamais une mauvaise chose.

Katie se percha sur un tabouret, ce qui fit remonter sa microjupe encore plus haut, et se pencha en avant :

— Une pina colada, s'il vous plaît, avec supplément de lait de coco, super mousseux avec une cerise dessus.

Sérieusement ?

— Katie, qu'est-ce que tu fais ? murmura-t-il en s'approchant d'elle.

— Je commande un verre, bien sûr. Qu'est-ce que j'ai l'air de faire ?

— Mais il n'est même pas midi. Et on a du travail.

— Il est bien midi quelque part dans le monde,

n'est-ce pas, les garçons ? demanda-t-elle avec un large sourire alors qu'elle se tournait sur son tabouret pour faire face à la clientèle.

Une acclamation accueillit ses paroles avec un chœur de « ouais » et « bravo ».

— Tu vois ? dit-elle en le regardant avec ses yeux dépareillés et pétillants de joie. Arrête d'être si coincé. Relaxe. Pourquoi ne pas poser ce joli cul sur un tabouret, ouvrir ton manteau et te commander un petit remontant ?

— Je ne bois pas.

La dernière fois qu'il s'était saoulé, il avait promis à sa Roxanne de la sauver d'un mariage forcé. Il s'était réveillé le lendemain matin étendu sur le sol froid du cachot, son âme en possession du diable et le vieux mari mort. En matière de remède contre l'alcoolisme, on ne pouvait pas faire plus efficace.

— Tu ne bois pas ? Mais c'est encore plus dingue que moi ! Prends un tabouret, grincheux, parce qu'il n'y a pas d'autre moment que le présent pour commencer.

Elle tapa alors dans ses mains en sautillant sur son siège et un soupir parcourut la salle.

— Barman, apporte à mon ami sérieux un shot de ton breuvage le plus fort.

Quelques instants plus tard apparut un bol contenant un liquide blanc crémeux surmonté d'une cerise rouge vif et d'un parapluie à l'air triste, ainsi qu'un verre d'une propreté douteuse rempli à ras bord d'un liquide fumant de couleur ambrée.

— Katie, je ne pense pas que ce soit une bonne idée.

Et pas seulement à cause du rouge à lèvres encore présent sur la paroi du verre, ni de l'infusion qui semblait en ronger l'intérieur.

Elle émit un reniflement de mépris.

— Tu trouves toutes les idées mauvaises de toute façon.

— L'alcool amoindrit les facultés, ce qui n'est probablement pas la chose la plus sage à faire compte tenu de l'endroit où nous sommes.

Elle éclata de rire.

— Tu as vraiment peur qu'une petite boisson te fasse du mal ? Poule mouillée, dit-elle en poussant des gloussements rappelant le cri d'une volaille.

Sa pauvre imitation fut accueillie avec enthousiasme par la foule qui ricanait et se moquait.

— Je n'ai peur de rien, réfuta-t-il en se redressant et la dévisageant.

— Alors prouve-le.

Merde, un défi. Mais avait-il le choix quand sa virilité était remise en question ? Non. Et elle le savait pertinemment, la garce.

— Santé ! ajouta-t-elle avec un sourire de triomphe.

Levant son bol, elle but une gorgée, déglutit, puis vida toute la pina colada avant de pousser un soupir de satisfaction. Elle prit alors la cerise dans le bol vide et arqua un sourcil avant de lui adresser un sourire narquois.

— À ton tour.

Xaphan regarda le verre d'un air dubitatif. Poison ? Acide de batterie ? Tout aurait probablement meilleur goût que ce qui avait fermenté dans ce verre. Mais poussé par les commentaires moqueurs de la clientèle et le regard défiant d'une furie, il leva son verre et, sans se laisser le temps de réfléchir, le but d'un trait.

— Bordel. De. Merde !

La fumée ne lui sortit pas par la bouche, mais presque. Katie se mordit la lèvre alors que son démon grincheux, le visage rouge et les yeux écarquillés, expédiait un shot de Lave de l'Enfer. C'était méchant de sa part de le défier, mais il avait vraiment besoin de se détendre. N'ayant pas de géant des montagnes à terrasser, l'alcool restait la deuxième meilleure solution. Et peut-être qu'elle avait également une petite idée en le saoulant, comme amener la foule à dévoiler ses secrets, chose qui serait impossible s'ils pensaient que Xaphan représentait un danger.

— Un autre, ordonna-t-elle.

— Je ne devrais pas.

Cette fois, elle n'eut pas besoin de le provoquer, les clients le firent pour elle.

— *Le soldat de Lucifer est une chatte.*

— *Hé, princesse, tu as oublié ton diadème à la maison.*

— *Qu'est-ce qu'une jolie fille comme elle fait avec un tocard comme lui ?*

Cinq verres plus tard, son démon s'effondra sur le

bar les yeux fermés, et le décor fut planté. Katie grimpa sur le zinc en faisant semblant de tituber un peu, et brandit son dernier verre — elle tenait remarquablement bien l'alcool, ce qui lui avait fait gagner de nombreux paris dans les bars — en inclinant une hanche, sachant parfaitement où les yeux convergeraient. C'était, après tout, pour cette raison qu'elle avait mis sa culotte la plus rose.

— Comme mon ami est HS, j'ai besoin d'un nouveau partenaire, si vous voyez ce que je veux dire.

Elle fit un clin d'œil, puis rit alors que les mains se levaient de partout et s'agitaient frénétiquement

— Moi ! Moi ! Choisis-moi !

— Mon Dieu, regardez-moi tous ces démons avides. Oh, et même quelques âmes damnées. Mais comment choisir ?

Elle fit semblant de se tapoter le menton en réfléchissant et se dandinait en se retenant de rire tandis que les têtes se balançaient d'avant en arrière pour suivre le mouvement.

— Ouh, je sais. Que diriez-vous que ce soit celui qui m'apporte le cadeau le plus cool qui gagne ?

Toute la salle se mit en mouvement alors que les mains fouillaient dans les poches et les sacs et que des bagarres éclataient à mesure que des vols se produisaient. Des billets volèrent dans les airs, des pièces d'or rebondirent et même des dents manquèrent de peu ses pieds.

— Les garçons. Les garçons ! cria-t-elle. Je ne vois rien qui me plaise. Je veux quelque chose de spécial. Quelque chose de rare.

— Comme quoi ? demanda un démon vert.

— Ah, je ne sais pas. Mais ça doit être unique. Ah, et rose. J'aime tellement le rose.

Des commentaires grossiers fusèrent au sujet du rose tant apprécié par la clientèle, et ils ne parlaient pas de sa culotte.

Les mâles… tellement prévisibles.

— Hum, les garçons, je ne parle pas de mon trophée rose. Qui va m'offrir le plus gros cadeau rose ?

Et finalement, juste avant qu'elle les mette davantage sur la voie, elle entendit les mots qu'elle attendait.

— Que dirais-tu d'un dragon rose ?

Désignant le démon cornu qui avait crié ça, elle lui fit signe d'approcher. Battant des cils, elle commença à le flatter.

— Tu as dit un dragon ? J'en ai toujours voulu un. Mais tu es sûr qu'il est rose ? Je pensais qu'ils n'étaient qu'en vert et noir.

— Je l'ai vu moi-même, se vanta-t-il. Il n'y a même pas deux jours.

— Donc, tu ne l'as pas vraiment ?

— Non. Mais je connais un des gars qui l'a. Pete le Fétide et moi, ça remonte à loin.

— Pete le Fétide, songea-t-elle. Pourquoi est-ce que ce nom me semble familier ?

— Parce que c'est le plus grand contrebandier démon entre ici et le côté mortel.

— Bien sûr, dit-elle en claquant des doigts. La galerie *Junk and Stuff* de Pete. Merci.

Elle sauta du bar en évitant les mains crochues du

démon et tapota Xaphan sur l'épaule. Il leva la tête et ouvrit un œil larmoyant.

— Qu-oua ? marmonna-t-il dans un souffle qui aurait pu provoquer une explosion s'il y avait eu une flamme.

— Il est temps d'y aller, grincheux.

Il se laissa tomber du tabouret, s'effondra, puis se rattrapa et regarda la salle en clignant des yeux.

— Qu'est-ce qui s'est passé ?

— Tu t'es saoulé et tu as dansé nu sur le bar.

— Certainement pas ! dit-il en se passant en revue, les sourcils froncés. Tu plaisantes.

— Espérons-le. Mais puisqu'on en parle, ça ne te dirait pas de me faire un spectacle ?

Xaphan secoua la tête et fixa quelqu'un derrière elle.

— Pourquoi est-ce que ce démon essaie de te prendre dans ses bras ?

Le démon en question essayait en fait de la peloter sans succès, tandis qu'elle se dandinait pour l'en empêcher.

— Ah, lui ? Il pense qu'on va coucher ensemble.

Elle se pencha et pria pour que Gaïa ne l'ait pas induite en erreur sur le prétendu intérêt de Xaphan, et murmura :

— Je lui ai dit que je ne voulais aucun autre démon que toi, mais il n'a pas voulu m'écouter et m'a pelotée alors que je disais non.

— Il a quoi ? rugit Xaphan en se redressant, gagné par la fureur — et un peu aussi à cause de l'alcool.

Il la poussa sur le côté afin de se placer devant elle, et toisa le démon trapu de haut en bas.

L'idiot essaya de l'écarter.

— Bouge de là. Je veux récupérer mon prix.

— Elle est à moi, lança Xaphan d'un ton sec. Éloigne tes griffes, sinon…

— Sinon quoi ?

— Je ne vais pas discuter avec un abruti sans cervelle comme toi.

Avant même qu'elle puisse cligner des yeux, son démon grincheux dégaina son épée et coupa la tête de son informateur.

« Ouh », fut ce qu'elle se dit intérieurement et ce que les clients lâchèrent en chœur et à voix haute.

— Encore, s'exclama-t-elle en tapant dans ses mains.

Xaphan la regarda par-dessus son épaule et, à la stupéfaction de Katie, lui retourna son sourire accompagné d'un clin d'œil.

— Avec plaisir.

L'épée à la main, il paraissait tout à fait dangereux et délicieux, lancé parmi les clients déchaînés. La plupart étaient trop saouls pour se battre, mais certains avaient encore assez d'esprit pour tenter quelque chose. Katie observa la scène de tuerie avec avidité.

Visiblement, ils avaient un peu trop cru à son numéro d'allumeuse. Certains pensaient pouvoir la revendiquer pendant que son partenaire était occupé ailleurs. Sortant les poignards qu'elle avait cachés dans la ceinture de sa jupe, elle leur fit rapidement oublier cette idée.

Bientôt, une mare de sang entoura Katie et son partenaire, un cercle mortel jonché de corps, de membres et de victimes gémissantes. Haletant, son démon grincheux se tourna vers elle, les yeux brillants et toujours aussi féroces, et la rejoignit en deux longues enjambées. Puis, sans même rengainer son épée ensanglantée, il la prit dans son bras libre et l'embrassa.

Ses souvenirs avaient beau être très vagues à partir du troisième verre, sitôt que Katie avait murmuré qu'un autre avait osé la toucher, il avait rapidement dégrisé. Du moins assez pour se débarrasser de la stupeur et donner une leçon à tous les yeux qui osaient la dévisager. Alors qu'il leur enseignait les dangers de lorgner sa furie, il l'aperçut qui décourageait avec joie les quelques personnes s'approchant d'elle. Ses couteaux se déplaçaient comme dans un flou : tranchant, entaillant et sectionnant les tendons avant de repousser ses assaillants en un tas désossé.

Sanglante et violente, voilà comment décrire la facilité avec laquelle elle tuait. Mais le mot qui résumait le mieux ? Excitante… tellement excitante.

Une fois la salle vidée de tout ce qu'il y avait à tuer et à mutiler, il s'avança droit vers la source de sa brûlure intérieure. Les lèvres entrouvertes, les yeux brillants, Katie accueillit son baiser avec une passion dont il avait rêvé durant ces derniers jours. La soulevant de son seul bras libre, il la serra contre lui et ne broncha même pas quand elle leva ses mains, tenant toujours ses couteaux, pour les passer autour de son cou et l'embrasser fermement.

Quelle importance qu'elle tienne une arme tranchante à quelques centimètres de sa jugulaire quand sa langue s'enfonçait dans sa bouche, plus enivrante que n'importe quelle liqueur ?

— Hé. Qui va payer pour ce foutu bordel ? gronda une voix.

Mécontent d'avoir été interrompu, Xaphan leva la tête et lança un regard noir au robuste barman qui s'était caché derrière son zinc pendant la bagarre.

— Tu ne vois pas que je suis occupé ?

— Si, et c'est un doublon d'or par heure pour une chambre privée, à moins que ça ne vous dérange pas que je filme et vende la vidéo sur net Hellwide.

Un barman décapité plus tard, Xaphan sortit du bar en traînant Katie par la main.

— Où allons-nous ? demanda-t-elle.

— Trouver lit. Maintenant, marmonna-t-il, incapable de formuler une phrase cohérente après l'adrénaline de la bataille, l'alcool et ce baiser enivrant.

— Mon pauvre démon excité, dit-elle en gloussant. Viens avec moi et je vais tout arranger.

Exactement ce qu'il voulait.

Les doigts entrelacés aux siens, elle ouvrit la voie, et un portail glacial plus tard, qui l'aida à s'éclaircir les idées mais qui ne fit rien pour son sexe douloureux, ils étaient de retour dans le cercle intérieur.

Sautillant et tirant sur sa main, elle le conduisit à travers un dédale de rues secondaires. Chaque fois qu'il ralentissait et que son esprit tentait de remettre en question ce qu'il était en train de faire, elle virevoltait et l'embrassait jusqu'à ce qu'il la suive à nouveau ; esclave soumis à sa volonté — esclave de son propre désir.

Ils entrèrent dans un immeuble et montèrent les marches, sa brume d'ivresse se dissipant au fur et à mesure des paliers qu'ils franchissaient.

Si je monte là-haut, nous ferons l'amour et je romprai mon vœu.

Il le comprenait, mais bon sang, il n'en avait rien à faire. Une forme de folie le consumait, et il n'arrivait plus à trouver la volonté de se soucier de quoi que ce soit en dehors d'assouvir une faim intérieure insatiable. La faim de Katie et d'elle seule.

Cessant enfin de lutter, il prit note de son environnement, mais l'escalier, avec sa rampe en fer forgé et ses marches en pierre, était sans intérêt. Par contre, la vue sur la culotte de Katie alors qu'elle montait les marches retint toute son attention. Rengainant enfin son épée, celle de métal et non de chair — mais cela serait pour très bientôt —, il la rattrapa et la saisit de sa main libre.

Lorsqu'elle se retourna pour protester, il la souleva et monta les marches deux à deux. Le rire qu'elle lâcha en s'agrippant à lui résonna comme une douce musique à ses oreilles.

— Tu vas t'épuiser. Il reste encore deux étages.

— C'est toi qui devrais t'inquiéter de ton endurance, grogna-t-il. Ça fait plus de trois cents ans que je n'ai pas eu de femme.

— Merci pour l'avertissement, murmura-t-elle à son oreille. Ça veut dire que je vais devoir m'occuper de toi en premier pour que tu aies le temps de récupérer pour le plus important.

Pas sûr de ce qu'elle voulait dire, mais plus impatient que jamais de le découvrir, Xaphan sprinta sur les dernières marches et ouvrit la porte du couloir.

— Numéro ? grogna-t-il.

— Le dernier tout au bout.

Arrivé à la porte décorée d'une couronne de lapins morts — des vrais —, il la laissa glisser le long de son corps, puis plaça ses mains sur sa taille alors qu'elle déverrouillait la porte. À peine fut-elle entrée qu'il se pressa derrière elle, claquant la porte avant de la plaquer contre un mur et s'autorisant enfin à l'embrasser à nouveau. C'était uniquement par promesse de cette intimité qu'il avait patienté si longtemps. Aucun autre œil que le sien n'était autorisé à voir Katie dans toute sa splendeur nue.

En parlant de ça... Les coutures étaient des choses si fragiles qui ne pouvaient résister longtemps face à des mains déterminées à les mettre en pièce. En quelques secondes, les vêtements de Katie gisaient en lambeaux sur le sol et il déglutit avec force devant sa beauté. Des hanches épanouies, une taille fine, un ventre rond avec un bijou scintillant au milieu et une poitrine généreuse. Chaque partie de sa silhouette était féminine, et à *moi*.

Il avait l'intention de la lécher, de la caresser et de

découvrir chaque parcelle de son corps. Pour s'imprimer sur sa peau crémeuse, la marquer avec sa sperme et…

Merde.

Avant qu'il ait pu finir de la boire à satiété, elle avait détaché son pantalon et l'avait libéré. Tombant à genoux sans le lâcher, elle fit glisser sa main d'avant en arrière sur son sexe. Une main appuyée contre le mur, il ne put s'empêcher de s'enfoncer dans sa caresse.

— Qu'est-ce que tu fais ? gronda-t-il.

— Moi ? dit-elle en levant de grands yeux innocents. Je déjeune, bien sûr.

Puis elle l'aspira dans sa bouche et Xaphan faillit exploser. Les dents serrées, il essaya de se retenir alors qu'elle s'arrêtait de temps en temps pour le lécher et faire tourner sa langue autour de son gland gonflé avant de le reprendre profondément en bouche. Il n'avait jamais rien vécu de tel et n'aurait jamais pu imaginer que ça puisse être si bon. Ça faisait si longtemps qu'il n'avait pas été touché. Poussant un cri qui fit trembler les murs, il se déversa en elle. La gourmande coquine prit tout sans jamais arrêter sa torture décadente.

— Assez ! gronda-t-il finalement, sa peau sensibilisée qui rendait trop difficile d'en supporter davantage.

— Humm. Si tu insistes.

Mais ça ne l'empêcha pas de le taquiner. Elle gémit son plaisir dans sa chair tandis qu'elle l'embrassait en remontant le long de son corps, mordillant son épiderme tout en retirant ses vêtements. Un court instant frénétique plus tard, il se tenait tout aussi nu devant elle.

Il la serra contre lui, le peau-à-peau l'électrisant et le satisfaisant à un niveau qu'il n'aurait su décrire. Mais la faim qu'elle venait de soulager n'était pas si facile à apaiser : avec sa peau douce frôlant la sienne, ses lèvres suçant son cou et ses mains parcourant son dos, il sentit son désir revenir en force dans un rugissement.

Passant une main dans ses cheveux, il tira sur ses boucles jusqu'à ce qu'elle lève son visage et le regarde.

— Embrasse-moi, ordonna-t-il.

Elle se dressa sur la pointe des pieds et frotta sa bouche contre la sienne. Il inspira devant sa lenteur sensuelle, mais il avait attendu bien trop longtemps pour supporter une exploration si langoureuse.

Avec un gémissement de désir, il écrasa sa bouche contre la sienne et la dévora avec avidité. Cette explosion de passion ne parut pas la déranger, au contraire. Lui grimpant dessus, elle enroula ses jambes autour de sa taille, son sexe humide pressé contre son ventre. De savoir qu'il l'excitait de façon aussi réciproque le fit presque tomber à genoux. Mais il conserva suffisamment d'esprit et de force pour l'entraîner plus loin dans son appartement, un loft qui lui permit de trouver facilement le lit.

Quand il la jeta sur le matelas, elle gloussa et rebondit, les jambes écartées et révélant sa perfection rose. Saisissant ses chevilles, il tira jusqu'à ce que ses fesses s'alignent avec le bord du lit. Il l'écarta alors largement afin de l'admirer. Malgré sa libération récente, son membre s'anima tandis que, sans honte, elle se tint ouverte pour lui, le sexe rasé comme elle l'avait mentionné, et luisant d'humidité pour preuve de son excitation. Une perfection totale.

Pour moi. Et seulement moi.

— Ne te contente pas de regarder, dit-elle en remuant les hanches. Toucher est attendu et souhaité.

Oh, évidemment qu'il allait la toucher. Tombant à genoux tout en la maintenant écartée pour son plus grand plaisir, il frotta sa mâchoire contre la peau douce de sa cuisse. Elle haleta et fut parcourue d'un frisson, mais il dévia sa trajectoire pour se frotter contre l'autre jambe, se délectant de sa sensation et de son odeur : celle de son excitation, un parfum enivrant comme nul autre.

— Touche-moi, Xaphan.

Son ordre rauque fit trembler sa queue.

Tirant ses jambes vers le haut, il s'approcha de son sexe pour souffler dessus. Quand elle se cambra, un petit rire heureux lui échappa. À nouveau, il la caressa de son souffle chaud et son faible gémissement roula sur lui.

— Bon sang. Arrête de me torturer.

La torturer ? Et lui alors ? Son sexe tendu et douloureux ne demandait qu'à plonger dans son fourreau velouté. Il ne voulait rien de plus que la prendre. Mais il n'avait pas oublié ce qu'elle venait de faire pour lui, et il avait l'intention de lui rendre la pareille.

Après avoir goûté son nectar sucré d'un coup de langue, il oublia totalement les exigences de son sexe. Soudain, il était affamé et empli de désir. Il se régala de son intimité, mordillant sa chair tendre, léchant son sexe et effleurant son bouton proéminent. Sous ses caresses, elle se déchaîna. Ses hanches se soulevèrent. Elle haleta et faillit lui arracher les cheveux.

Il adorait ça, merde. Enfonçant sa langue en elle, il se délecta de la sensation de son sexe se resserrant, mais il ne pouvait pas aller assez profondément. Il relâcha alors une cheville pour pouvoir enfoncer deux doigts dans son sexe humide pendant qu'il léchait son clitoris.

Un cri sauvage s'échappa de Katie alors qu'elle était emportée par le plaisir, ses muscles intérieurs serrant ses doigts avec force. Il continua de la laper tout en activant ses doigts dans son fourreau tremblant.

C'était tellement bon… Mais si c'était aussi bien sur ses doigts, quel effet est-ce que ça aurait avec sa queue ? Dès que l'idée le traversa, il ne pensa plus qu'à avoir la réponse.

Positionné au-dessus d'elle, il baissa les yeux sur son visage rouge et ses yeux dépareillés qui le fixaient avec une passion dévorante.

Elle lui coupait le souffle. Elle faisait bégayer son cœur. Et elle le rendait *vivant*.

Malgré son besoin désespéré, il s'enfonça lentement, se délectant de chaque centimètre décadent de chaleur et d'humidité qui l'enveloppaient. Ce ne fut qu'une fois complètement en elle qu'il réalisa qu'il serrait les dents. Enfoui au plus profond de sa chair qui tremblait autour de lui en raison de son orgasme récent, c'était presque plus qu'il ne pouvait en supporter. Il ne pourrait pas tenir longtemps.

Mais par tous les diablotins de l'enfer, je ne jouirai pas seul.

Xaphan la prit avec une lenteur torturante mais si agréable, le regard dardé sur le sien. Que voyait-il en la regardant ? La furie blonde qu'elle montrait au monde ? Ou voyait-il au-delà ? La gentillesse avec laquelle il la traitait semblait dire *oui*, or elle n'était pas habituée à la douceur. C'était agréable, mais elle ne s'y fiait pas. Elle en voulait plus. Elle…

Trop de réflexion. Elle ferma les yeux, refusant de penser à autre chose qu'à l'émerveillement du moment. Trop longtemps, elle avait traité le sexe comme un besoin corporel. Laisser soudain les émotions la gagner ne lui convenait pas du tout, même s'il était le premier à lui faire ressentir ça. Elle refusait de s'attarder sur ce que ça signifiait et ce qu'il représentait pour elle. Elle prendrait simplement ce qu'il lui offrait – une longue et lente partie de jambes en l'air qui la conduisait au bord de la folie.

— Regarde-moi, gronda-t-il.

Elle ferma les yeux plus fort, et il s'enfonça profondément, touchant un endroit spécial par un mouvement des hanches. Elle haleta.

— J'ai dit « regarde-moi », ordonna-t-il.

Elle savait qu'elle ne devait pas, mais ses paupières

s'ouvrirent.

Leurs regards rivés l'un à l'autre, il continua à s'enfoncer en elle, la touchant d'une manière qui ne cessait de la faire haleter. Il lui referma les jambes et les poussa vers sa tête avant de se pencher sur elle sans jamais lâcher son regard. C'était tellement intense. Tellement intime. Tellement juste.

Un second orgasme la frappa avec une lenteur atroce, et son corps se raidit sous la pression presque douloureuse. Alors que la tension en elle atteignait un point culminant, sa queue pulsa en elle, la jetant du haut d'un précipice. Sa chair ondula pour accompagner la vague de plaisir qui lui fit tout perdre de vue malgré ses yeux ouverts.

Elle l'entendit crier son nom et le sentit se répandre au plus profond d'elle. Et bon sang, si elle avait été naïve, elle aurait dit que la toute petite part de son âme qui lui appartenait encore avait touché la sienne.

Un instant plus tard, peut-être plusieurs, elle revint en enfer pour se retrouver bercée dans ses bras. Un câlin. Merde, qu'est-ce que c'était que ça ? Ne savait-il pas que des mâles avaient perdu des parties de leur corps pour moins que ça ?

Il lui vint à l'esprit qu'elle devrait dire quelque chose ou prendre un couteau et lui ordonner de partir. Mais en sentant ses mains la caresser avec des cercles apaisants, et ses lèvres effleurer ses tempes avec une douceur qu'elle n'avait jamais connue ou permise, à la place elle s'endormit. Et pour la première fois de sa vie, elle n'était pas seule — ou baignée de sang.

8

Xaphan se réveilla pour trouver Katie à califourchon sur lui, mais pas avec des intentions lubriques. À moins qu'elle ne connaisse des positions perverses pour accompagner le couteau qu'elle tenait sous sa gorge.

— B'jour ? hasarda-t-il sans bouger de peur de la faire sursauter.

— Essaie au revoir.

Voilà qui n'était pas prometteur.

— Je peux savoir pourquoi ? Je pensais qu'on s'était bien amusés hier soir.

Ou avait-il été si cruellement maladroit qu'elle préférait le tuer plutôt que se risquer à réitérer ?

— C'est le cas.

Ouf.

— Mais ?

— Nous avons eu des relations sexuelles.

— Oui.

Plusieurs fois. Une fois sous la douche quand il l'y

avait portée après une sieste. Puis à nouveau après leur toilette exploratrice. Oh, et au milieu de la nuit parce qu'il ne pouvait s'empêcher de la toucher.

— Tu ne comprends pas ? On a couché ensemble, ce qui veut dire que je dois te tuer.

— Je vois.

Il ne voyait pas, mais il le découvrirait. Bien sûr, il avait entendu des rumeurs, mais ne s'était jamais vraiment attendu à ça. Pas après ce qu'ils avaient partagé.

— Si tu tiens à le faire, déclara-t-il calmement sans détourner les yeux ni broncher, alors dépêche-toi, s'il te plaît, parce que j'ai faim.

L'indécision flottait dans son regard. Elle suça sa lèvre inférieure, la main tremblante.

— Je ne veux pas te tuer, dit-elle tristement.

— Je préférerais aussi que tu ne le fasses pas.

— Je le dois.

— Non, pas du tout. Tu pourrais plutôt poser ce couteau.

La pointe s'enfonça plus profondément.

— Ou pas, s'empressa-t-il d'ajouter. Garde le couteau si tu veux, mais tu auras du mal à te tenir à moi.

— Tu veux faire l'amour ?

Il haussa les épaules.

— Je pensais plutôt à un câlin avant le petit déjeuner.

— Je ne fais pas de câlins. Et je ne recommence jamais avec le même homme.

— Tu l'as fait hier soir.

Bon d'accord, ça faisait un peu vantard. Mais

comment résister en l'entendant affirmer qu'elle ne recommençait jamais ?

Et je me suis resservi quatre fois. Qui est le plus grand des amants démons ? Moi !

— Hier soir, c'était une anomalie. Une aberration. Ça ne peut pas et ne doit pas se reproduire. Je suis la veuve noire. Tu as sûrement entendu parler de moi.

Katie était la veuve noire ? Oui, il avait entendu parler d'elle, comme tous les démons, mais personne ne savait qui elle était ni à quoi elle ressemblait. C'était inévitable quand on tuait ses victimes avant qu'elles puissent se vanter.

— Oui, j'ai entendu parler de toi. Et ?

— Comment ça « *et* » ? Tout comme l'araignée, je tue ceux avec qui je couche.

— Que veux-tu que ça me fasse que tu aies tué tes anciens amants ? répliqua-t-il en souriant. Ça ne me laisse que plus de temps libre.

— Je ne comprends pas ? En quoi ma réputation te laisse plus de temps libre ?

— S'ils sont déjà morts, ça m'évitera d'avoir à les traquer.

La pression du couteau sur son cou diminua alors qu'elle reculait, le front plissé.

— Les traquer pour quoi ?

— Tu as des problèmes de colère. J'ai des problèmes de jalousie.

La simple pensée que quelqu'un d'autre ne serait-ce que respire près d'elle le dérangeait.

Sa réponse la prit au dépourvu.

— Tu tuerais quelqu'un pour avoir couché avec moi ?

— Probablement. Et ça vaut aussi pour toucher, embrasser, faire des propositions. Oh, et peut-être te fixer trop longtemps.

— Tu es fou, souffla-t-elle.

— Je préfère le terme possessif.

— Aucun homme ne me possède.

— Je ne veux pas te posséder.

— Alors qu'est-ce que tu veux ?

Humm… « Je te veux pour toujours » lui vint à l'esprit mais c'était trop rapide à annoncer même pour lui, surtout avec l'état d'esprit de Katie par rapport à l'intimité. Oh, et aussi le couteau dans le lit. Il se contenta donc d'une autre vérité.

— Je te veux sous moi me griffant à nouveau le dos.

À cette demande, ses mamelons se durcirent et elle se lécha les lèvres.

— Je ne le fais jamais deux fois.

— Il y a toujours une première à tout.

Pendant un instant, il crut avoir réussi. La main tenant le couteau s'abaissa et elle se tortilla contre lui, puis secoua la tête et une expression presque triste lui vint.

— J'aimerais ne pas avoir à te tuer.

— Alors ne le fais pas.

— Mais j'ai une réputation à défendre. Si je te laisse vivre, ils penseront que je suis faible. Ils vont essayer de me faire du mal. M'utiliser.

— Alors je les tuerai.

Et il le ferait. Il les démembrerait s'ils osaient même penser à s'approcher d'elle.

— Je ne te comprends pas. Tu ne m'aimes même pas.

— Je n'aime pas beaucoup de monde. Mais toi, tu grandis en moi.

— Comme un champignon ?

Il grimaça.

— Je ne l'aurais pas dit comme ça, mais j'imagine que c'est l'idée.

— Alors, qu'allons-nous faire maintenant ?

— Eh bien, si tu ne me tues pas, je me disais que nous pourrions prendre un petit déjeuner.

— Des beignets ?

— Si tu veux, ou du bacon avec des œufs.

Le couteau appuya à nouveau.

— Je déteste les œufs.

— Alors évitons les œufs et jetons-les par la fenêtre sur la tête des gens.

Elle sourit.

— Tu ne ferais pas ça ?

Si elle lui souriait comme ça ? Il ferait n'importe quoi. Même dire des bêtises apparemment.

— Écoute, pourquoi ne pas prendre notre temps ? Allons manger, retrouver ce dragon et voyons où les choses nous mèneront.

En ce qui le concernait, il voyait très bien tout ça mener à son lit. Peut-être son plan de travail... certainement son canapé aussi.

Ou d'après les lèvres qui soudain se posèrent sur

les siennes, peut-être ici et maintenant. Si elle voulait bien recommencer, il ne dirait pas non.

Il pressa ses fesses pleines, se délectant de leur douceur ronde, et se demanda si la morsure qu'il lui avait faite la nuit dernière marquait toujours sa peau crémeuse. Il l'espérait. Il aimait l'idée qu'elle porte sa marque presque autant qu'il aimait la remplir de son sexe.

Il poussa un gémissement quand elle se souleva avant de se laisser tomber sur son sexe avide. Merde, même après les nombreuses fois où ils avaient fait l'amour, il n'arrivait toujours pas à se remettre de la sensation d'être enfoui au plus profond d'elle. Elle éveillait en lui des émotions qu'il croyait avoir perdues à jamais, en plus de celles qu'il pensait n'avoir jamais connues. Mais ses rêveries insipides se perdirent dans sa fascination pour ses seins tremblants.

Crémeux, lourds et naturels, surmontés d'une baie dure, ils lui donnaient faim. Il glissa ses mains dans son dos pour la tirer vers le bas et y goûter. Un mamelon plissé glissa dans sa bouche ouverte et quand il suça avec force, Katie poussa un cri. Mis à part le son, il devinait son plaisir à la façon dont ses parois intimes se resserrèrent autour de son membre enfoui. Il effleura ses mamelons de ses dents, l'un après l'autre, les taquinant, soufflant dessus, avant de les sucer à nouveau un par un.

Pendant qu'il jouait avec sa délicieuse poitrine, Katie le chevauchait, ses fesses se soulevant et s'abaissant sur son sexe. Chaque claquement de sa chair contre la sienne le rendait de plus en plus fou. Elle lui retira ses baies qu'elle remplaça par ses lèvres tandis que son corps remuait en rythme sur son sexe. Il lui serra la taille, l'empalant avec vigueur et la forçant à le prendre aussi profondément que possible. Elle miaula son plaisir contre ses lèvres et sa respiration devint frénétique.

Cette fois, quand il dit : « Regarde-moi », elle ne résista pas et ouvrit ses magnifiques yeux dépareillés. L'intimité et la passion qu'il y vit l'excitèrent aussi sûrement que son corps qui l'engloutissait. Il vit le moment précis où elle fut emportée par l'orgasme, non pas à cause de ses muscles convulsifs, mais parce que son regard papillonna et son corps se cambra en un arc tendu. Quelque chose de chaud, quelque chose qui n'était pas du plan physique mais ésotérique, le frappa en plein cœur, le marqua, les lia plus sûrement que n'importe quel vœu, anneau ou cérémonie.

Qu'elle l'admette ou non, elle lui appartenait. Bien sûr, il s'abstint d'exprimer une chose aussi stupide à voix haute tandis qu'ils tentaient de reprendre leur souffle, en sueur et haletants entre les draps, mais il fallait qu'il dise quelque chose pour alléger l'intensité de ce moment.

Jouant un jeu dangereux, il la gifla sur les fesses et déclara :

— Femme, va me préparer un petit déjeuner.

Elle rit si fort qu'elle en tomba du lit. Et chanceux comme il était, il put embrasser son postérieur meurtri avant de la prendre à nouveau.

Après un petit déjeuner paresseux composé de beignets, de bacon et de café dans un restaurant voisin

— diminuant ainsi les risques d'intoxication alimentaire – où elle flirta outrageusement et où il lança des regards noirs à tous ceux qui osaient regarder dans sa direction, ils se séparèrent pour qu'il puisse prendre une douche et changer de vêtements. Ils prévoyaient de se rencontrer dans deux heures près du portail du plan mortel. La séparation l'irritait déjà.

Déambulant dans son appartement, il n'hésita qu'un instant lorsqu'il aperçut son autel. Le regard accusateur du portrait ne lui donna même pas un pincement au cœur. Il ne ressentait rien, à part du soulagement.

Je suis libre !

Et il le devait à une furie nommée Katie.

D'ailleurs, en y pensant, il fallait qu'il se débarrasse de la photo et de l'autel avant qu'elle ne les voie. Après sa douche et avant d'aller la retrouver, il jetterait le tout dans le vide-ordures qui allait directement à l'incinérateur. Contrairement à ce qu'il aurait cru, l'idée de faire griller ce lien de son passé ne lui causa aucune douleur. Lucifer avait raison : Xaphan avait droit au bonheur. Il avait suffisamment vécu dans la souffrance, avait assez donné à un amour dont il ne se souvenait même plus.

Il était temps de revivre. Peut-être même d'aimer ? Le simple fait de penser à Katie – *ma femme* – le poussa à se hâter. Plus il traînait, plus il mettrait de temps à la retrouver. Peut-être qu'il pourrait partir en avance et la retrouverait chez elle ? Ou pas. Un mâle devait se la jouer cool.

Merde. Tout ce qui la concernait le rendait brûlant,

mais comme elle semblait méfiante vis-à-vis des relations, il allait devoir lui prouver qu'il ne comptait pas partir, même si elle menaçait de le tuer… ou essayait de le faire. Il voulait également savoir qui l'avait à ce point blessée pour qu'elle pense que partager un moment d'intimité nécessite une condamnation à mort.

Peut-être que je demanderai au patron plus tard, après avoir ramené le dragon. Ou je pourrais aussi attendre qu'elle me fasse suffisamment confiance pour me le dire elle-même.

Il pourrait aussi la torturer pour le savoir.

Il avait découvert qu'en utilisant sa langue sur certains endroits, Katie était prête à faire presque n'importe quoi — crier son nom, le supplier, même promettre à apprendre à cuisiner — pour qu'il la laisse jouir. C'était un souvenir à chérir.

Bon sang, est-ce que tout cela la rendait aussi nunuche que lui ? Il fallait qu'il se dépêche de retourner à ses côtés, là où était sa place.

Prête plus tôt que prévu, bien plus tôt parce qu'elle s'était dépêchée, Katie trouva l'adresse de Xaphan et se rendit chez lui. Elle ne savait toujours pas ce qu'il fallait faire avec ce démon sérieux. Elle devait admettre qu'elle aimait bien le nouveau Xaphan ; ce démon intrigant qui semblait n'apparaître que pour elle. Ce Xaphan-là avait le sens de l'humour et une capacité à commettre des meurtres en série presque aussi impressionnante que la sienne. Ensemble, ils formaient une paire implacable.

Ensemble, comme en couple ?

L'idée l'arrêta net. Depuis quand se sentait-elle à l'aise à l'idée de s'associer, ne serait-ce que mentalement, à une autre personne ? Était-il possible qu'elle ait finalement suffisamment guéri de son passé pour envisager de laisser quelqu'un s'approcher à nouveau d'elle ? Laisser Xaphan vivre, même s'il l'avait vue au moment où elle était le plus vulnérable ?

Est-il mon prince ?

Cela la choquait encore plus que le fait de s'être endormie dans la sécurité de ses bras. Habituellement, après le sexe, elle tuait les hommes. Un mort ne pouvait pas se vanter d'avoir sauté la tueuse du diable. Et il ne pouvait pas non plus devenir pot de colle.

Elle avait un problème avec les hommes qui essayaient de devenir trop proches. Bien que cela lui ait pris des décennies avec son psy, elle en était finalement arrivée au point où si les choses ne passaient pas à la troisième étape et qu'elle était de bonne humeur, elle se contentait de mutiler au lieu de tuer. Un progrès, non ?

Xaphan, lui, non seulement il l'avait amenée à l'extase à plusieurs reprises, mais il était en plus sorti par la porte complètement intact. Et ce malgré le fait qu'il l'ait câlinée et serrée contre lui comme s'il l'aimait. Et plus choquant encore : elle avait apprécié. En fait, elle avait hâte de le revoir, et pas seulement parce qu'il était très coquin au lit. Il éveillait en elle des sentiments qu'elle croyait morts depuis longtemps. Il lui donnait envie d'accepter l'affection que son regard lui promettait, ainsi que la protection de ses bras.

Ce serait bien de ne pas vivre seule et ne plus être la seule à veiller sur moi-même.

Ce serait encore plus agréable de conserver le sentiment chaleureux et étrange qu'il éveillait en elle, et peut-être même de voir jusqu'où les choses pourraient aller avec lui – à part nus au lit.

Suis-je prête pour quelque chose d'un peu plus permanent ?

C'était des idées encore plus folles que ses pensées habituelles. Et tellement déroutantes. En marchant dans les rues de l'enfer, perdue dans ses pensées et songeant à Xaphan tout en se demandant quoi faire, elle s'en prit à un pauvre démon qui osa un « Salut, la chaudasse, tu veux baiser ? ». Pour ce commentaire, il perdit la langue. La violence ne dissipa pas l'agitation de son esprit mais au moins la fit rire. Ça lui rappela aussi qui elle était et ce qu'elle était capable de faire : si les choses se compliquaient avec Xaphan ou devenaient trop difficiles à gérer, son couteau pourrait toujours tout arranger.

Arrivée à son immeuble, une monstruosité de verre miroir s'étirant haut dans le ciel, elle s'amusa à presser tous les boutons de l'ascenseur avant d'emprunter les escaliers. Il ne lui fallut qu'un instant pour ouvrir la porte verrouillée de son appartement ; frapper aux portes était pour les gens polis, et les frontières n'existaient pas dans le monde de Katie. D'ailleurs, elle voulait surprendre Xaphan.

Évidemment, une fois à l'intérieur, elle fut partagée. La preuve audible de la douche qui coulait et qui lui signalait un démon nu et probablement excité, ou la cheminée blanche recouverte d'un tissu fin avec une petite peinture encadrée au sommet ?

Qui pouvait occuper une place d'une telle importance ?

S'avançant en silence vers l'image, elle la souleva et détesta immédiatement la femme représentée. Avec ses cheveux parfaitement relevés, son putain de sourire de Mona Lisa et ses yeux assortis, Katie savait qu'elle avait trouvé la femme que Xaphan aimait. Si c'était un concours de beauté, elle perdrait. Elle ne pouvait en aucun cas rivaliser avec la perfection qu'elle voyait. Pas avec ses cheveux blonds sauvages et ses yeux dépareillés.

Xaphan n'avait-il pas dit qu'il n'avait plus touché une femme depuis trois cents ans ?

Ça signifiait donc que le parangon représenté sur l'image était peut-être mort. Jetant un coup d'œil autour d'elle, elle nota la décoration austère : pas de couleurs, pas une seule plante ou bibelot. Rien qui révèle la présence d'une femme. À part pour l'autel, elle aurait pu dire que Xaphan était célibataire.

Mais son cœur était pris : elle tenait la preuve entre ses mains.

— Que fais-tu ici ?

Froide et brutale, sa voix la fit sursauter. Elle laissa échapper le cadre qui heurta le sol dans un craquement, et la vitre du dessus se brisa.

Grimaçant, elle leva les yeux vers lui. L'horreur dans ses yeux aurait semblé comique si elle n'avait pas été aussi énervée par sa réaction initiale à son espionnage.

— Oups ?

Puis, pour s'assurer que son sarcasme était clair, elle écrasa l'image contre le sol et les éclats de verre, ce qui l'aida à détourner son attention du fait que Xaphan ne portait rien d'autre qu'une serviette. Et bon sang, même s'il en aimait une autre, il avait l'air à croquer avec ses muscles saillants et luisants d'eau qui imploraient un coup de langue.

— Ce n'est pas ce que tu penses.

— Vraiment ? Tu es en train de me dire que ce n'est pas un autel pour la femme que tu aimes ?

— Oui, mais…

— Ne cherche pas d'excuses. Je ne suis pas aveugle. Qui est-ce ?

Les mains posées sur ses hanches, Katie leva enfin son regard furieux et croisa le sien troublé.

— Si tu me laissais t'expliquer…

— J'ai dit : qui est-ce ?

— Roxanne. La femme que j'aimais quand j'étais humain, dit-il lentement, lui poignardant le cœur.

La douleur la consuma, mais elle ne laissa rien paraître. C'était ce qui arrivait quand une femme pensait pouvoir faire confiance à un homme : il partait et lui brisait le cœur. Bon, ce n'était pas tout à fait la même situation que dans sa jeunesse, n'empêche que la douleur était bien réelle, et tout était de sa faute à lui.

— Alors, où est cette sainte qui a besoin d'un autel ?

— Morte, j'imagine, vu le nombre d'années écoulées. Au paradis, je pense.

Katie leva les yeux au ciel.

— Wow. Je n'arrive pas à croire que tu aies dit ça avec un visage impassible. Tu sais que la population du Ciel est d'environ un pour chaque milliard ici-bas ? Qu'est-ce qui te rend si sûr que cette *femme* a gagné ses ailes ?

Sa précieuse Roxanne était-elle vraiment si pure ? Si oui, alors Katie, avec ses innombrables péchés, n'aurait jamais à se comparer.

Le doute plissa son front.

— Je ne sais pas où elle est. J'ai toujours supposé qu'elle était au paradis. J'ai fait le vœu de ne jamais en aimer une autre jusqu'à ce que nous soyons réunis. Elle m'aurait sûrement retrouvé si elle avait fini en enfer.

— Vraimeeeeeeeent ? dit Katie en tirant sur le mot. Allô ! démon naïf ? Pendant que tu y es, tu ne voudrais pas aussi m'acheter des haricots magiques ?

— Je ne suis pas naïf.

— Dixit l'homme qui est amoureux d'une image.

— J'ai gardé la peinture comme un rappel.

Le cœur de Katie se brisa un peu plus en voyant qu'il ne niait pas son amour pour cette autre femme. Elle se mit en colère.

— Pourquoi est-ce qu'il te faut une photo ? Elle était donc si facile à oublier ? Parce que maintenant qu'on a baisé, chéri, je doute que tu m'oublies un jour.

— Ça se résume toujours au sexe avec toi, rétorqua-t-il avec colère. Ça ne t'est jamais venu à l'esprit que Roxanne et moi partagions plus que de la baise ?

— Tu vas me dire que tu n'as pas relevé ses jupes pour la sauter ?

Ses joues rouges répondirent d'elles-mêmes, mais il continua pourtant dans sa lancée.

— Bien sûr que nous avons exprimé notre attachement de manière physique. Mais notre amour ne se résumait pas qu'à ça.

— Vraiment ? D'accord, quelle était sa couleur préférée ?

— Je ne sais pas, mais elle portait beaucoup de bleu.

Agacée qu'il continue à défendre cette autre femme — une femme morte, rien que ça ! —, Katie le bombarda de questions :

— Nourriture favorite ? Fleur ? Des rêves qu'elle avait ? Les noms qu'elle avait prévus pour son premier enfant ? Le dessert qui lui faisait fermer les yeux et gémir de plaisir ?

Il referma la bouche.

— Tu ne sais rien de tout ça, n'est-ce pas ? Et pourtant tu prétends l'aimer, cette femme morte qui est probablement en enfer depuis tout ce temps et qui n'a jamais pris la peine de te chercher. Tu es un idiot.

— Et tu es folle.

— Oui, je le suis, mais mieux vaut être folle que stupide. Et dire que je t'ai laissé vivre.

— Katie, soupira-t-il en se frottant le visage. Je ne veux pas me battre avec toi. Tu n'étais pas censée voir ça.

— Pourquoi ? Parce que je ne suis pas assez bonne pour que tu me baises chez toi ? Pas aussi jolie que ta Roxanne ? cracha-t-elle, furieuse d'avoir les larmes dans ses yeux. Je savais que j'aurais dû te tuer.

— Tu veux bien t'arrêter et me laisser t'expliquer ?

— Expliquer quoi ? Que tu m'as fait croire que je comptais ? Tu n'as fait que m'utiliser, utiliser mon corps, pendant que tu pensais à une autre. Je te déteste.

Elle ponctua ses paroles d'un coup de couteau qu'il esquiva, et partit en courant.

Les joues trempées de larmes, elle se précipita vers la seule personne qui avait toujours su la réconforter. La seule personne en qui elle pouvait avoir confiance : Lucifer.

Fonçant dans son antichambre, elle ignora le hurlement de sa secrétaire – « Stop ! » – et fit irruption dans son bureau.

— Je veux la permission de le tuer, s'exclama-t-elle avant de comprendre la scène qui se déroulait devant ses yeux.

Plaquant aussitôt une main sur son visage, elle se mit à hurler :

— Mes yeux. Je suis aveugle. Aidez-moi ! Argh !

Un ricanement, celui de Gaïa, bien sûr, répondit à ses cris. Quant à Lucifer, dont les fesses bronzées venaient de faire connaissance avec Katie, répondit en grognant :

— Ce n'est pas drôle.

— Oh si, ça l'est, dit Terre-Mère qui riait toujours. C'est pour ça que j'aime Katie. Elle n'est pas en admiration devant toi et n'a pas peur de le dire.

En entendant un bruissement de tissu et le bruit d'une fermeture Éclair, Katie risqua un coup d'œil à travers ses doigts.

— C'est sûr ? La lune s'est couchée ?

— Espèce d'impertinente.

— Oh chut, gros tyran, le coupa Gaïa avec une tape sur le bras.

— Moi ? Mais c'est mon bureau, bon sang. Quel est cette dimension où un homme ne peut même pas besogner sa petite amie sur le bureau sans être interrompu ? Qu'est-ce qui est arrivé au principe de frapper à la porte ?

— Ooh, je connais la réponse ! s'exclama Katie en agitant la main et poursuivant sans attendre la permission : « Frapper, c'est bon pour ceux qui ont des bonnes manières. Et nous savons tous que je les déteste. »

Le tout avec sa meilleure imitation d'une voix bourrue.

Gaïa éclata de rire, suivie de Katie tandis que Lucifer les foudroyait du regard.

— Tu n'es pas drôle du tout, marmonna-t-il en serrant les dents.

— Mais, chéri, elle a raison. Tu dis ça tout le temps.

— Peut-être, mais ça paraît plus grandiose quand ça vient de moi.

— Si tu le dis, patron, convint Katie.

Quand les deux femmes continuèrent de glousser, Lucifer poussa un soupir.

— D'accord, si on a fini de se moquer de moi, as-tu une raison d'interrompre mon tango matinal ?

Immédiatement dégrisée, Katie se souvint de la raison de sa visite.

— Je veux la permission de le tuer.

— Qui ? Tu as trouvé le mécréant qui a volé le dragon ? Tu peux le tuer… ou le torturer. Bon sang, tu peux même le ramener ici et me le laisser. J'ai besoin d'un nouveau club de *chipping*. J'ai accidentellement cassé le mien.

Parfois, son patron pouvait être si excessif.

— Non, non et non. Je veux tuer cet imbécile avec qui tu m'as associée.

— Xaphan ? Qu'est-ce que ce garçon t'a fait ? Est-ce que sa tête d'enterrement a fini par t'énerver ?

— Non. Cet imbécile de crétin m'a fait l'aimer.

— Le mufle ! s'exclama Gaïa.

— Je sais, gémit Katie. C'est insupportable.

—Houlà ! Rembobine. Tu l'aimes bien, donc tu veux le tuer ? Tu ne devrais pas plutôt célébrer cette victoire ? Ton psy attend ça depuis cinquante ans.

— Xaphan n'est pas mon prince charmant.

— Mais tu ne viens pas de dire que tu l'appréciais ? N'est-ce pas ce que ton médecin t'a préconisé pour guérir ?

— Si. Mais il m'a fait mal ! Il doit mourir.

— Comment t'a-t-il blessée, ma chérie ? Viens dire à Terre-Mère ce que le grand méchant démon t'a fait.

Lucifer ricana.

— N'est-ce pas typiquement féminin de supposer qu'*il* a forcément fait quelque chose ? T'est-il venu à l'esprit que c'était peut-être de la faute de Katie ? Elle est folle, non ?

Lorsque deux regards noirs se tournèrent vers lui, Lucifer leva les mains au ciel et s'éloigna en marmonnant quelque chose sur le fait d'aller voir ailleurs s'il y était.

Gaïa tapota le siège en face d'elle. Katie s'approcha et s'enfonça dans le cuir souple.

— Nous sommes seules maintenant, chérie. Dis-moi ce qui s'est passé.

— Nous avons couché ensemble.

— Nus ?

— Eh bien, oui.

— Je suis impressionnée. Il ne se déshabille jamais, même pour s'entraîner. Je dois donc te poser la question puisque personne n'a jamais vu Xaphan sans ses vestes en cuir : de quoi il a l'air ?

— Ridiculement excitant. Il est bâti comme un dieu.

Gaïa sourit.

— Je le savais. Continue. Alors tu as eu des relations sexuelles fabuleuses, et ensuite ?

— Nous nous sommes fait des câlins.

Même l'admettre à haute voix la faisait grincer des dents.

— Toi ? Et Xaphan ? fit Gaïa, les yeux arrondis. D'accord, j'admets que je ne m'y attendais pas. Mais c'est bien pour toi. Tu as laissé quelqu'un t'approcher. Alors, que s'est-il passé ensuite ?

— On a… encore couché ensemble, plusieurs fois. Et puis au matin, on a partagé des beignets et on s'est séparés pour qu'il puisse rentrer chez lui se changer.

— Mais j'ai l'impression que tu l'appréciais toujours à ce stade ?

— Oui. Assez pour que je décide de lui faire une

visite surprise. Sais-tu que ce crétin a un autel chez lui dédié à une femme qu'il aime ? Un putain d'autel !

— Oh, chérie.

— C'est le cas de le dire, gronda Katie. J'ai cassé sa photo... de façon accidentelle, mais je n'en suis pas du tout désolée.

Suspendue à ses lèvres, Gaïa se pencha en avant.

— Qu'est-ce qu'il a fait ?

— Il a prétendu que ce n'était pas ce que je croyais. Alors je lui ai demandé s'il l'aimait, et il m'a dit qu'il avait fait le vœu de ne jamais en aimer une autre. Il attend qu'elle vienne le retrouver.

Terre-Mère grimaça.

— Aïe. Je vois pourquoi tu veux le tuer.

— C'est totalement mérité, non ?

— Oui. Et non. Tu dois comprendre que Xaphan a fait ce vœu il y a longtemps. Au moment où il l'a fait, il pensait plus avec sa queue qu'avec sa tête. Ce n'était pas de sa faute : c'est un homme et nous savons toutes les deux où va le sang quand ils sont excités.

Rien que la pensée d'une autre femme capable de l'exciter la rendait folle.

— Et s'il tenait sa promesse malgré une érection ? Il tenait manifestement à cette femme. Il m'a dit qu'il n'avait couché avec personne depuis trois cents ans. Ou était-ce un mensonge aussi ?

— Non, il t'a dit la vérité. Ça rend Lucifer fou. Surtout que la femme en question n'était pas le modèle de vertu qu'il croyait.

— Elle n'est pas au paradis, n'est-ce pas ?

— Qu'est-ce qui te ferait penser ça ? demanda Gaïa stupéfaite.

— Pas moi. Lui. Il dit que puisque cette Roxanne n'est jamais venue le retrouver en enfer pour le libérer de son vœu et vivre heureux pour toujours, c'est qu'elle doit être au paradis, expliqua Katie en levant les yeux au ciel. Comme si.

— Comme si, en effet. Cette garce n'a jamais eu la moindre chance d'aller au Ciel. Il aurait dû le savoir, d'autant plus qu'elle l'avait laissé remonter ses jupes alors qu'ils n'étaient pas mariés. Et il n'était pas le premier.

— Alors elle l'a trompé. Ça ne change rien au fait qu'il l'aime toujours.

Le simple fait de le dire à voix haute lui transperçait la poitrine.

— Tu es sûr de ça ?

— Évidemment. Sinon pourquoi garderait-il un autel ?

— Pourtant, il a rompu son vœu quand il a couché avec toi.

— N'est-ce pas ? dit Katie en s'illuminant un instant avant de s'effondrer. Mais je n'ai apparemment pas assez d'importance parce qu'il est rentré chez lui et n'a pas retiré son autel. Il doit mourir.

— Ne nous précipitons pas. Vous n'avez toujours pas retrouvé le dragon, n'est-ce pas ?

Katie secoua la tête. Qui pourrait penser à terminer une mission à un moment comme celui-ci où chaque atome de son corps criait vengeance ?

— Pourquoi ne pas attendre un peu ? Trouvez la

petite bestiole. Rapportez-la au château avant la visite de ma petite-fille et voyez ensuite ce que vous ressentez. Peut-être que Xaphan devrait s'expliquer, ou bien faire amende honorable. Parfois, il faut laisser ceux qu'on aime avoir une chance de s'excuser pour se réconcilier. Crois-moi, je parle d'expérience. Luc n'a pas toujours été le meilleur petit ami.

— Mais Xaphan m'a fait du mal, plaida-t-elle d'un ton plaintif qui ne lui plut pas du tout.

— Je sais. Crois-tu que je n'ai jamais eu de chagrin d'amour ? Je sors avec le plus grand coureur de jupons de l'univers. Ce n'est pas parce que nous sommes dans une phase heureuse en ce moment que nous n'avons pas nos différends. Lucifer m'a fait du mal, mais je lui ai rendu la pareille. Ça ne veut pas dire que nous ne pouvons pas être ensemble. Et ça ne veut pas dire que je dois le tuer, même s'il y a des moments où j'aimerais le faire.

— Je ne suis pas toi. Je ne veux pas pardonner.

Je veux le tuer. Lui faire du mal comme il m'en a fait.

— Katie, tu ne peux pas te débarrasser de tous ceux qui s'approchent de toi. Donne une autre chance à Xaphan. À qui est-ce que ça ferait du mal ?

— Moi.

Un si petit aveu.

— Je vais te dire : s'il te blesse pour de bon, et je ne veux pas parler d'une fessée coquine, alors je le tiendrai en personne pour que tu puisses lui arracher le cœur.

— Promis ?

— Promis.

Après avoir juré sur leurs petits doigts et s'être étreintes, Katie partit en se sentant sinon mieux, du moins plus calme. Elle n'avait aucune intention de pardonner à Xaphan, mais elle était décidée à entendre sa mauvaise excuse avant de le tuer.

9

Balayant le coin qui abritait autrefois son autel, Xaphan brandit son balai comme une arme lorsque la porte de son appartement s'ouvrit violemment. Il se détendit en reconnaissant son patron, puis il se raidit en voyant le regard noir qu'il lui lançait. Chaque fois que de la fumée sortait des oreilles de Lucifer, quelqu'un se faisait botter le derrière – ou rôtir, et aucun n'était agréable pour le destinataire.

— Qu'est-ce que tu as fait ? demanda son patron d'une voix tonitruante.

En colère, Lucifer, habituellement affable, ressemblait à une version rougeâtre de Hulk dans un costume Armani trois pièces, car le diable, bien que grossier, s'habillait toujours bien.

Première règle en enfer : ne jamais admettre quoi que ce soit.

— Comment ça ? Pourriez-vous être plus précis ?

— Katie a fait irruption dans mon bureau et a interrompu ma partie de jambes en l'air matinale avec

Gaïa. Comme si être frustré n'était pas assez, il a fallu que les deux se liguent contre moi et me mettent pratiquement à la porte. Moi ! De mon bureau ! Alors je te le redemande avant de te mettre en pièce membre par membre : qu'est-ce que tu as fait, bordel ?

Règle numéro deux : une fois pris, le coller sur le dos de quelqu'un d'autre.

— Ce n'est pas de ma faute. J'ai suivi vos conseils.

— Merde. J'avais peur que tu dises ça.

Lucifer rapetissa et se laissa tomber sur le canapé.

— Quelle partie de mes conseils ?

Ça allait à l'encontre de ses principes de parler de sa vie privée, mais quand il s'agissait de Lucifer, se défiler pouvait entraîner la torture.

— J'ai renoncé à mon vœu et j'ai séduit Katie. Ou c'est elle qui m'a séduit. Ce n'est pas très clair : j'étais encore un peu ivre quand c'est arrivé la première fois.

— Attends… vous l'avez donc fait plus d'une fois ?

— Six en fait.

Et, oui, il se vantait avec un grand sourire.

— Quelle vigueur, déclara Lucifer en éclatant de rire. Je savais que tu étais fait pour ça. Elle a dû vraiment aimer ta technique, car elle t'a laissé vivre.

— Eh bien, nous avons eu un moment un peu délicat avec un couteau ce matin, mais je l'ai dissuadée.

Il ne pensait toujours pas qu'elle l'aurait tué. Mutilé, peut-être. Versé un peu de sang. Mais finalement, il était certain qu'elle se serait retenue d'un dernier coup mortel.

—- Si c'était aussi savoureux que la tarte de ma Gaïa, alors pourquoi était-elle si furieuse en faisant irruption dans mon bureau ? demanda Lucifer en le clouant sur place de son regard flamboyant.

Détournant les yeux, Xaphan s'agita et préféra éviter de répondre. Mais comment un démon pouvait-il se défiler quand le diable était assis sur son canapé ?

— Euh. Eh bien. Euh. Elle a en quelque sorte vu mon autel dédié à Roxanne.

Deux sourcils broussailleux se haussèrent, donnant à Lucifer une apparence presque comique, même si Xaphan ne riait pas : ça ne semblait pas être le bon moment.

— Tu as toujours ce truc ? Tu es débile ou quoi ? Qui laisse la femme qu'il baise voir son mur de détraqué dédié à une autre ?

— J'avais prévu de m'en débarrasser, mais elle a fait irruption pendant que je prenais une douche et elle a pété les plombs sans me laisser le temps de lui expliquer les choses. Donc, elle est peut-être partie avec une mauvaise impression, admit-il d'un ton bas et déprimé.

Il venait de trouver le bonheur et l'avait perdu à cause d'un serment stupide qu'il n'aurait jamais dû faire. Rétrospectivement... de quoi terrasser un démon déjà à terre.

— Eh bien, ça explique beaucoup de choses. Tu as vraiment fait n'importe quoi, mon garçon. Et pourquoi avoir un autel pour cette salope de Roxanne de toute façon ? Ce n'est pas comme si elle t'avait été fidèle.

Xaphan, qui avait repris son balayage car il avait besoin d'occuper ses mains de peur de faire des trous dans les murs, s'arrêta net et fixa Lucifer.

— De quoi parlez-vous ?

— Ne me dis pas que tu ne l'as jamais su ? Et dire que je te croyais intelligent. Ne t'es-tu jamais demandé pourquoi Roxanne n'était pas vierge, la première fois qu'elle t'a laissé remonter ses jupes ?

— Elle a prétendu que c'était à cause de l'équitation, et c'est pour ça qu'elle avait si peur du projet de mariage de son père. Elle craignait qu'un mari demande une annulation en prétendant qu'elle était impure.

— Ha ! aboya Lucifer. Je n'arrive pas à croire que tu aies gobé une excuse minable pareille. Elle n'était pas vierge parce qu'elle écartait les cuisses pour tout ce qui portait une épée. Ce jour-là, dans les bois, quand tu l'as sauvée du sanglier, que penses-tu qu'elle faisait avec son garde ? Ou est-ce que toutes les dames, lorsqu'elles sont attaquées par un sanglier, n'ont que le haut de leur robe déchiré et les seins à l'air ?

Xaphan fronça les sourcils.

— Je n'y avais pas pensé.

Ça expliquait également pourquoi le garde n'avait jamais dégainé son épée et pourquoi elle n'avait pas de marque sur le corps. Super. Il se sentait encore plus bête à présent.

— Tu n'as pas pensé à grand-chose avec ta grosse tête en tout cas.

Il ne pouvait quand même pas s'être trompé à ce point ?

— Mais elle a dit qu'elle m'aimait, que nous pourrions être ensemble si elle n'avait pas à épouser ce vieil homme que son père avait ramené des tribunaux.

Un vieil imbécile pompeux entouré de gardes : plus que Xaphan ne pouvait en vaincre à lui tout seul. Il avait donc vendu son âme à Lucifer afin d'avoir une chance de tuer le seigneur vieillissant et de sauver Roxanne. La libérer pour qu'ils puissent être ensemble. Mais ça n'avait pas fonctionné comme prévu.

— Tu es naïf ou quoi ? Rappelle-moi de te parler plus tard d'un terrain que j'aimerais vendre. Quant à son prétendu amour pour toi, continua Lucifer en grondant, c'était faux. Elle ne voulait pas épouser le vieil homme, c'est vrai, mais seulement parce qu'elle avait des vues sur un autre seigneur. Ne t'es-tu pas demandé pourquoi elle n'est jamais venue te voir au donjon ? Pourquoi personne ne t'a jamais interrogé et demandé d'expliquer ta version des faits avant ton exécution ?

Une exécution qu'il avait ratée lorsque Lucifer était venu le chercher en pleine nuit et l'avait emmené dans sa nouvelle demeure en enfer.

— Je n'y ai jamais pensé, en fait.

Il avait supposé que son père l'avait enfermée aussi étroitement qu'une religieuse dans un couvent. Quant à ne pas être interrogé, il était si occupé à se vautrer dans l'apitoiement qu'il n'y avait même pas songé. Il savait qu'il était coupable, donc il lui avait semblé logique que tout le monde le pense aussi.

— Ta précieuse Roxanne est celle qui t'a dénoncé. Non seulement elle a dit à tous ceux qui voulaient l'entendre que tu avais tué le seigneur de sang-froid sous ses yeux, mais qu'en plus tu l'avais prise contre son gré et déshonorée.

Xaphan recula et, malgré la chaleur de la pièce, ressentit un froid glacial.

— Elle a quoi ? Non, elle n'aurait pas fait ça.

— Mais si. Elle a également pleuré de très belles larmes de crocodile en racontant à son père comment tu l'avais menacée pour la faire taire.

Bon sang ! On pouvait dire qu'elle s'était jouée de lui… à tel point qu'il avait l'impression d'avoir été baisé sans lubrifiant. Son pauvre mur subit de plein fouet les affres de sa colère. Mais malgré le grand trou, il ne se sentait pas mieux.

— Pourquoi ne m'avez-vous rien dit avant ? Pourquoi m'avoir laissé souffrir pendant trois cents ans pour un vœu qui ne voulait rien dire ?

— Parce que j'attendais que tu réalises par toi-même à quel point c'était stupide. Bien sûr, je n'avais jamais imaginé que ça prendrait autant de temps. J'ai même envoyé la parfaite furie dans l'espoir de réveiller ton stupide cul et au lieu de ça, tu as fait n'importe quoi. Et quand je dis n'importe quoi, je pèse mes mots. Qui garde un putain d'autel pour une ex-petite amie dans son appartement ? Je devrais te tuer moi-même pour être si déficient mentalement.

— Je lui expliquerai.

— Oui, je ne sais pas si Katie sera prête à te laisser t'approcher suffisamment pour ça. Elle était folle de rage. Je pense qu'elle tient à toi, et tu l'as trahie, comme tout le monde dans sa vie. Sauf moi, bien sûr. Je suis la perfection incarnée.

— Je savais que j'aurais dû lui courir après, marmonna-t-il dans un souffle.

Mais il avait pensé qu'il serait plus judicieux de se débarrasser de la source de sa colère avant de la ramener et de lui faire comprendre à quel point il avait changé. Et c'était le cas. Il avait changé grâce à elle. Qui voulait tenir une promesse faite à un souvenir alors qu'il avait trouvé quelqu'un de mieux, quelqu'un qui ne voulait pas le changer lui et ce qu'il était ? Qui l'intriguait autrement que pour le sexe uniquement ?

— Donc, qu'est-ce que tu vas faire ?

Se lamenter sur son sort ? Non, il faisait déjà ça depuis trop longtemps.

— Je vais la récupérer.

— Bravo, mon garçon. Mais comment ? Elle ne va pas rester immobile à t'écouter. Elle essaiera probablement de te trancher la gorge pour éviter la conversation.

— Je vais trouver quelque chose. Je dois d'abord la retrouver.

Ou la laisser me trouver. Étant donné qu'ils avaient prévu de se rencontrer au portail menant au monde des mortels afin de pouvoir rendre visite à l'entrepôt de Pete, il y avait de fortes chances qu'ils se voient. Ou du moins qu'il voie la pointe son poignard.

Mais quelle importance avait une blessure à la chair alors qu'il lui avait brisé le cœur ?

Je dois réparer ça et lui expliquer ce qu'elle représente pour moi.

Avec un peu de chance, il serait suffisamment convaincant pour qu'elle ne le tue pas.

Furieuse, mais déterminée à aller au bout de sa mission pour Lucifer, le seul homme en qui elle avait confiance, Katie se faufila à l'arrière de l'entrepôt de Pete. En plein milieu d'une ville humaine, et pas le coin le plus agréable, le magasin servait de lieu de contrebande pour les sorcières et autres êtres désireux d'acheter des articles en provenance de l'enfer et autres plans existentiels. À l'inverse, il agissait également en tant qu'importateur illégal de biens mortels vers les neuf cercles.

Presque tout le monde connaissait Pete et ses gains mal acquis, mais même les gardes fermaient les yeux. Les pots-de-vin avaient graissé bien des pattes au fil des ans.

Ce qui la surprenait dans cette histoire d'acquisition du dragon par Pete, c'était qu'il devait savoir que Lucifer s'y intéresserait. Pete avait-il perdu la tête ? Qui pouvait bien voler le Seigneur des Ténèbres en personne ?

Ce n'était pas son problème, après tout. En franchissant cette ligne invisible que tout le monde savait éviter, Pete avait mis sa vie en jeu. Killer Katie était dans la maison et, compte tenu de sa mauvaise humeur, le sang allait couler.

Mais être déterminée à le tuer ne signifiait pas prendre des risques insensés. Des assassins bien taillés aux lourds corps gonflés de graisse et de muscles gardaient les entrées. Elle était prête à parier que sous leur apparence humaine se cachaient des démons, ce qui signifiait qu'elle avait également un sorcier d'un genre particulier à craindre, car seuls eux pouvaient changer l'apparence d'un démon sur le plan mortel.

Tant mieux pour moi.

Un être de plus à tuer, car la magie était interdite dans la dimension mortelle, à moins que Lucifer n'octroie une dispense spéciale. Et cela n'arrivait qu'avec sa famille et les sbires sous son commandement direct.

Serrant ses couteaux dans ses mains, Katie regarda les deux gardes fumer et échanger des plaisanteries grivoises. Elle lança ses couteaux avant même qu'ils ne remarquent sa présence.

Slash. Les poignards s'enfoncèrent dans leurs poitrines, transperçant leurs cœurs. Mais ça ne suffisait pas pour tuer un démon. Alors que du sang saumâtre s'écoulait de leurs blessures, elle s'élança en tirant une autre paire de lames des gaines attachées à ses hanches. Ses couteaux magiquement améliorés glissèrent à travers leur chair, coupant les tendons et même les os comme s'il s'agissait de beurre mou.

Deux têtes portant la même expression d'hébétude basculèrent et tombèrent au sol. Retirant ses couteaux de leurs corps, elle les essuya pour retirer le fluide sombre : elle aimait que ses armes restent brillantes et propres. Elle sortit ensuite quelques étiquettes de ses poches et les épingla sur les cadavres et leurs têtes séparées, les envoyant directement dans le marais où les créatures s'occupaient d'eux.

Par habitude, elle nettoyait toujours derrière elle, et Lucifer encourageait sa manie de supprimer les preuves en l'approvisionnant généreusement en étiquettes magiques pour envoyer tout ce qu'elle épinglait dans les profondeurs du marais. Quand un démon se mettait dans le pétrin, c'est-à-dire énervait le patron — ou elle —, il n'y avait ni enterrement ni procès, ce qui agaçait au plus haut point les quelques croque-morts qui tentaient de gagner leur vie en enfer.

Une fois les preuves dissimulées et la porte arrière libre, elle jeta un rapide coup d'œil autour d'elle et, ne voyant rien de suspect, se glissa à l'intérieur de l'immeuble et lança aussitôt ses couteaux avant même que son cerveau puisse comprendre la situation.

Xaphan esquiva et les lames s'enfoncèrent jusqu'à la garde dans le mur.

— Qu'est-ce que tu viens faire ici ? s'écria-t-elle.

— Finir notre mission.

— Comment es-tu entré ? Je viens de m'occuper des gardes.

Il disparut et réapparut tout près, trop près, un demi-sourire sur les lèvres.

— Entrer dans des endroits surveillés est ma spécialité.

Elle lui décocha un coup de pied, mais il ne l'atteignit jamais car il avait disparu et réapparu à l'autre bout de la pièce.

— Toujours en colère, à ce que je vois.

— Moi ? Bien sûr que non. Je ne garde pas rancune.

Je tue.

Dans un mouvement digne de *Matrix*, Xaphan contorsionna son corps, et les lames qu'elle envoya vers son cœur le manquèrent de peu.

— Eh bien, ça répond à ma question. Si tu — splash — me laissais — pang — t'expliquer – clac.

— Rien à expliquer, lança-t-elle d'un ton sec tout en sortant une autre paire de dagues, de petites pointes en forme d'aiguilles, des coutures de son jean.

— Tu en as encore combien ?

— C'est à moi de le savoir et à ton corps de le découvrir.

Elle le rata de nouveau. Zut !

— Tu n'étais pas censée voir l'autel.

— Évidemment. Je suis peut-être folle, mais je ne suis pas stupide.

— Non, tu ne comprends pas. Je ne voulais pas dire que j'allais le cacher. J'allais m'en débarrasser. Tu es simplement venue avant que je puisse le faire. Il n'y est plus maintenant : réduit en cendres. Chose que j'aurais dû faire il y a des années.

Vraiment ? Non. Elle s'en fichait complètement.

— Pas besoin de t'embêter pour moi. Je me fiche que tu sois maladivement obsédé par une morte. Si c'est ce qui te passionne.

— Bon sang, arrête de tout déformer.

La porte de la salle de pause des employés s'ouvrit, les obligeant à interrompre leur conversation. Avant que l'humain, probablement un autre démon déguisé, puisse crier, Xaphan se lança en avant, lui donna un coup de pied dans les genoux, et l'envoya au sol avant de le décapiter.

Mince. Qu'il était sexy quand il devenait violent. Zut. Elle ne voulait pas l'admirer. Il l'avait blessée et elle voulait lui rendre la pareille. Cependant, son corps semblait de toute évidence penser que le monter comme une cow-girl tout en lui griffant le torse suffirait à cela.

Elle fronça les sourcils.

— Si tu as fini de japper, est-ce qu'on peut terminer la mission ?

— Si par « terminer » tu veux dire attraper le dragon, tuer les méchants et finir chez moi où je pourrai me mettre à genoux pour te montrer avec des mots ou ma langue à quel point je suis désolé, alors bien sûr.

D'accord, elle avait peut-être avalé une mouche ou deux tellement sa mâchoire en tomba à sa déclaration effrontée.

— Qu'est-ce que tu viens de dire ?

— Et si je te montrais ? dit-il en lui adressant un clin d'œil. Essaie de me suivre et corsons la chose. Celui qui tue le plus de méchants recevra une récompense.

— N'importe quelle récompense ? demanda-t-elle en souriant. Y compris ta tête ?

— Ma *tête* est à toi quand tu le veux, *chérie*.

À nouveau choquée et sans voix, elle regarda son ancien partenaire grincheux plonger à travers la porte.

Il m'a défiée.

Et lui avait fait des avances. Elle ignorait ce qui la déstabilisait le plus. Mais par toutes les catins de l'enfer, bien que ses paroles l'aient intriguée, elle ne comptait absolument pas le laisser gagner.

Après avoir récupéré ses couteaux, elle poussa la porte et le trouva debout au-dessus de deux gardes très morts.

— Trois contre deux, dit-il en terminant de la convaincre. Tu prends déjà du retard. Tu veux à ce point que je gagne ?

— Dans tes rêves. Pousse-toi et observe comment un vrai tueur travaille.

— Allumeuse. Tu sais à quel point j'aime te regarder bouger.

Ah bon ? Troublée, elle ne répondit pas, mais ne put stopper la chaleur qui parcourut ses membres.

Évitant la devanture du magasin avec ses clients humains, et donc la partie légale de l'entreprise, ils trouvèrent la porte verrouillée menant au sous-sol.

Tirant une épingle de ses cheveux, Katie était sur le point de l'impressionner avec ses talents de crocheteuse quand il l'écarta avec un grondement.

— Permets-moi.

Il leva un pied botté et tapa contre la porte qui s'écrasa vers l'intérieur avec un grand bruit.

— Subtil. Pourquoi ne pas appuyer sur la sonnette et leur annoncer notre présence ?

— Je n'en ai pas trouvé, admit-il. Mais que penses-tu de ça : salut, les connards, je viens vous chercher !

D'une voix retentissante, il annonça leur présence, et cette fois elle ne put s'empêcher de rire. Qu'est-ce qui lui prenait ? Une nuit avec elle l'avait à ce point changé ? Si elle trouvait l'ancien démon sinistre séduisant, le nouveau en tant que psychopathe avec des tendances meurtrières l'excitait carrément.

Mais elle ne le laisserait quand même pas gagner.

— Le dernier en bas des escaliers est un œuf pourri, cria-t-elle en sautant sur la rampe.

Et avec un exubérant « Whee », elle se laissa glisser.

10

Descendant les escaliers en suivant une queue de cheval blonde virevoltante et les gloussements de Katie, Xaphan sourit.

Elle ne m'a pas tué.

Bien sûr, elle avait fait semblant en lui lançant ses petits couteaux avec une intention apparemment mortelle. Mais il l'avait déjà vue en action et elle aurait pu le tuer si elle l'avait vraiment voulu. Pourtant, elle ne l'avait pas fait.

Il en avait ressenti de l'exaltation, et s'était senti léger et, curieusement, heureux. Assez heureux pour la déstabiliser en lui tenant un langage grivois pour la première fois de sa vie. En repensant à l'expression de son visage, ça en valait vraiment le coup. Et plus encore : il avait adoré se lâcher.

Libéré de son vœu, un vœu qui l'avait entraîné plus loin qu'il ne l'avait imaginé, il avait envie de rire. Alors il le fit, un éclat de rire qui fit pâlir les gardes qu'il rencontra alors qu'il atteignait le sous-sol.

Déplaçant son épée en arcs rapides, il ne leur laissa même pas le temps de tirer avant de décorer le sol de leurs corps.

— Ça fait un total de cinq pour moi, se vanta-t-il.

Debout sur son propre tas de cadavres, Katie lui tira la langue.

— Je ne suis qu'à un point derrière toi, grincheux. Et seulement parce que tu as triché en ne laissant pas passer une dame en premier.

— Une dame ?

— Oui, une dame.

Elle secoua les cheveux, et bon sang, son sourire malicieux lui donna envie de la pousser contre un mur et de l'embrasser jusqu'à ce qu'elle perde la raison.

— Tu me taillerais les bourses si je te traitais comme de la porcelaine délicate. À mon avis, tu as l'intention de perdre. Je pense que l'idée de te retrouver nue dans mon lit t'excite. J'ai un grand lit, tu sais. Parfait pour ce que j'ai en tête.

La respiration de Katie s'accéléra, et ses yeux s'écarquillèrent tandis qu'elle se léchait les lèvres.

— Je te tuerai d'abord.

— Maintenant, qui défie qui ? Si tu veux autant me tuer, alors tu ferais mieux de gagner.

À peine eut-il prononcé ces paroles que des voyous affluèrent dans la salle, certains d'en haut d'où ils venaient d'arriver et d'autres des chambres voisines. D'autres encore vinrent depuis la trappe au sol, presque sous leurs pieds.

Gardant un œil sur sa furie – qui dansait avec ses lames et riait en tuant et ne semblait pas avoir besoin d'aide –, Xaphan s'efforça de rester en tête. Chaque adversaire qui tombait était un point de plus le rapprochant de son objectif ultime : la ramener chez lui afin de lui montrer qu'elle était celle qu'il voulait et non Roxanne.

Le combat se déroulait bien, malgré leur plus petit nombre – ses prouesses à l'arme blanche et la capacité de Katie à désarmer l'ennemi par le rire suivi d'un coup de couteau étaient sur le point de les faire gagner. Ils en tuèrent trois autres chacun, tous deux en sueur. Puis, alors qu'il s'occupait d'un diablotin surdimensionné et agaçant qui ne voulait pas rester immobile, elle élimina deux démons mineurs qui avaient abandonné leur costume humain. Merde, elle l'avait rattrapé.

À égalité et à court de choses à tuer, ils se tinrent dans une mare de sang et de membres en se regardant, leurs poitrines se soulevant sous le coup de l'effort et leurs corps couverts de sueur et d'autres fluides.

Après un rapide coup d'œil autour d'elle, elle lui fit à nouveau face et ses lèvres se retroussèrent :

— Il semble que nous soyons dans une impasse.

— Dans ce cas, cède et facilite-toi la tâche ?

Elle éclata de rire.

— Tu as perdu la tête.

— Oui. Depuis que je t'ai rencontrée.

Troublée, elle évita son regard et se détourna avant d'aller s'accroupir près de la trappe dans le sol.

— Tu veux parier que le méchant est enfermé dans sa grotte ?

— Pour une fois, ils ne pourraient pas avoir un

chalet sur la plage ? Je déteste les sous-sols, grommela-t-il en la rejoignant.

— Peur des endroits confinés ? le railla-t-elle.

— Non. Je déteste les araignées. Ces fichues bestioles ont trop de pattes. Ce n'est tout simplement pas normal.

L'admettre à haute voix en valait vraiment la peine en entendant le rire de Katie retentir.

— C'était très drôle. Rappelle-moi de t'emmener dans les Bois Sombres dans le sixième cercle un jour. Elles n'ont pas seulement huit pattes : elles sont poilues.

Il n'eut même pas à feindre un frisson.

— Si tu as fini d'essayer de me faire faire des cauchemars, finissons-en. Je suis excité et prêt à réclamer mon prix.

— Dans tes rêves, démon, se moqua-t-elle.

Mais elle le dit avec un regard en biais et un sourire qui en disait plus long que les mots.

— Le dernier dans le repaire du méchant est un œuf pourri, ajouta-t-elle avec un sourire narquois.

La poussant d'un coup de hanche, Xaphan sauta dans le trou le premier et ricana quand elle s'indigna :

— Hé ! C'est de la triche !

— Non, répondit-il en jetant un regard circulaire autour de lui avant de lever les yeux. Ça s'appelle gagner.

Un démon sortit de l'ombre et perdit la tête sans que Xaphan cesse de parler :

— Ça fait douze pour moi. Commence à te déshabiller, chérie, parce que je suis sur le point d'exterminer cet endroit.

Et sur ce, il s'élança dans le tunnel creusé dans la roche d'où était sorti le démon à présent mort. Il avait hâte d'en finir.

Et de réclamer mon prix.

Taré. Il est complètement taré. Et excitant. Ne pas oublier excitant.

Le regarder se battre avec ce mélange de force brute et d'habileté s'avéra être une expérience très excitante qui trempa sa culotte. Il n'hésitait jamais, ne se défilait pas et allait droit au but.

Il était si doué pour éliminer les cibles qu'elle avait du mal à suivre. Plus choquant encore, une part d'elle souhaitait qu'il gagne. Plus il la taquinait avec ses intentions grivoises, plus elle brûlait de poser ses couteaux et le déclarer vainqueur.

Démence.

Mais elle le voulait quand même.

Cependant, le vouloir et le laisser gagner sans l'avoir mérité étaient deux choses différentes. Comme elle n'était pas du genre à abandonner, elle s'élança derrière lui. S'enfonçant dans le tunnel qui continuait plus loin qu'elle ne l'aurait imaginé, avec des tours et détours, y compris des passages latéraux, elle continua et perdit de vue son démon grincheux. Seul le fait que l'idiot laissait des entailles dans la pierre, de très gros « X », lui indiquait qu'elle suivait la bonne piste.

Elle entendit des bruits de bataille et vit une lumière jaune bien avant d'arriver dans une pièce caverneuse qui scintillait d'or.

Oh, c'est beau.

Et elle ne parlait pas des piles de pièces d'or, des diadèmes et des bijoux, mais du démon sexy dont la chemise flottait en lambeaux et laissait voir un torse impressionnant.

Engagé dans un combat contre deux trolls massifs, Xaphan tenait bon, mais il peinait un peu en dansant autour de la salle chargée de trésors tandis que d'énormes massues à pointes s'écrasaient de chaque côté de lui. Voyant là sa chance de rattraper son retard, Katie lança ses poignards en succession rapide. Elle visa l'œil d'un troll et boom, droit dans le cerveau : il tomba et le bruit sourd fit vibrer le sol.

Cependant, l'autre troll continuait à frapper car son couteau l'avait manqué, glissant sur sa peau épaisse presque semblable à une armure.

— Il était temps que tu me rejoignes, dit Xaphan avec une nonchalance démentie par son esquive du troll déterminé à l'écraser comme un insecte.

— Eh bien, tu me connais. J'ai dû m'arrêter et réparer un ongle. C'est le problème avec les combats et épreuves de monstre, mon doux amour. Alors, tu vas jouer avec cette chose toute la journée ou tu la gardais pour moi ?

S'élançant soudain dans un mouvement aussi rapide que l'éclair, il balaya son épée, à gauche, puis à droite, avant que ses deux pieds retouchent le sol.

— Tu disais ?

Le troll vacilla, puis s'effondra, le corps fendu en forme de X géant.

— Beau travail d'épée.

— Attends de voir ce que je vais te montrer tout à l'heure, répliqua-t-il avec un sourire séducteur et un clin d'œil.

Une chaleur brûlante se répandit sur les joues de Katie. Ce n'était pas juste ! Désarçonner son démon grincheux était censé être son truc à elle.

Elle changea alors de sujet, car celui-ci la désarmait et la laissait à court de réponses, à part un « Montre-moi ça ! ».

— Je vois des trésors ; des tas énormes. Mais pas de dragon, pas de Pete et pas d'autre issue.

— Ça ne va pas. On a besoin d'un autre méchant pour rompre l'égalité. À moins que tu décides de céder ? demanda-t-il en lui lançant un regard plein d'espoir.

Elle lui répondit par un bruit de pet.

— Et maintenant ? demanda-t-il.

— Peut-être que le dragon se cache ?

— C'est ça que vous cherchez ? résonna une douce voix féminine venue de nulle part.

Serrant son poignard, Katie scruta les piles d'or scintillantes en essayant de discerner d'où cela venait. Mais lorsque la propriétaire de la voix s'avança enfin, Katie oublia de lancer ses couteaux. Bon sang, elle oublia même de respirer.

Derrière un empilement de coffres, tenant une lourde laisse en fer reliée à un dragon très rose, se trouvait la femme de l'autel de Xaphan : Roxanne. Ou comme elle voulait l'appeler : la-femme-que-j'aimerais-scalper. Mais peut-être qu'elle avait tort. Peut-être qu'elle lui ressemblait simplement par pur hasard.

Son démon grincheux confirma sa première impression un instant plus tard avec un « Roxanne ? ».

— Xaphan, mon amour, s'exclama la belle aux cheveux noirs en pressant sa main contre son cœur. Quelle surprise. Je n'aurais jamais pensé te revoir.

— Tu m'étonnes, marmonna-t-il, l'air pas du tout impressionné.

— Ne sois pas en colère, mon amour. Je sais que nous nous sommes promis de nous retrouver dans l'au-delà, mais c'était avant l'horrible accord que j'ai passé avec le diable. Comment pouvais-je revenir vers toi alors qu'il m'avait transformée en une horrible créature morte-vivante ?

Oui, ça avait dû être horrible d'être condamnée à avoir une peau pâle et sans tache qui accentuait ses lèvres rouges et pleines et ses yeux sombres et séducteurs. Katie serra les lèvres devant ces retrouvailles. Elle fut cependant surprise que Xaphan ne laisse pas tomber son épée pour courir embrasser sa bien-aimée. D'un autre côté, tant mieux, car elle aurait pu leur vomir dessus avant de les tuer.

— Laisse-moi résumer pour voir si j'ai bien compris : tu m'as évité durant ces trois cents dernières années parce que tu croyais que je te rejetterais ?

— J'aurais dû te faire confiance, répondit Roxanne en souriant.

Elle afficha une expression radieuse qui ne rendit Katie que trop consciente de ses imperfections :

couverte de sang, les cheveux en bataille et dépourvue de la beauté immaculée de Roxanne. Et dire qu'elle s'était presque autorisée à croire Xaphan lorsqu'il l'avait pourchassée avec tant d'ardeur.

Je suis tellement idiote.

Son passé ne lui avait donc rien appris ? Ne faire confiance à personne, surtout pas aux hommes qui prétendaient l'aimer avant de lui faire du mal.

C'était assez.

Le voir auprès de son amour perdu aurait dû lui rendre la décision de gagner le pari plus facile. Tuer la garce vampire et laisser Xaphan à sa douleur : une douleur pire que la mort.

Elle serra fermement ses couteaux. Un lancer. Un seul pour lui faire aussi mal qu'elle souffrait actuellement. Le regard de Xaphan passa sur elle, presque suppliant.

Bon sang, elle en était incapable. Elle, qui avait tué des voleurs pleurnichards, des assassins chouineurs et des démons avec deux pieds gauches sur une piste de danse... elle ne pouvait pas tuer une pauvre petite femme impuissante.

Parce que si je le fais, Xaphan me détestera.

Et malgré tout, elle ne voulait pas qu'il la déteste ou qu'il la regarde avec dégoût. Ainsi, leur match se terminerait par une égalité. Quelle importance, après tout ? Puisque sa précieuse Roxanne était revenue, il ne voudrait plus réclamer son prix, de toute façon.

Cette évidence était suffisante pour déprimer même une furie habituellement pétillante. Afin d'éviter une nouvelle humiliation, elle se retourna, prête à partir d'un beau déhanché, quand Xaphan mit le doigt sur la raison de leur présence ici, et elle se retourna pour entendre la réponse.

— Que fais-tu avec le dragon, Roxanne ?

— Cette créature est à moi. Quelqu'un l'a trouvée pour moi dans le marais. Jolie, n'est-ce pas ?

Katie ricana.

— Très mignonne, et c'est le portrait craché de celle qui a disparu. Ou bien tu n'es pas au courant ? Lucifer est à la recherche d'un dragon rose comme celui-ci. Celui de sa petite-fille qui a été volé.

Katie fronça les sourcils. Allô ? Les deux étaient évidemment un seul et unique dragon. Pourquoi Xaphan tournait-il autour du pot et n'acceptait pas que sa petite amie ait pu se l'approprier ? Son cerveau lent n'avait donc pas la capacité de voir la vérité quand elle se trouvait sous son nez ?

Un rire échappa à Roxanne.

— Quelle coïncidence.

— Vraiment ?

— Xaphan, mon amour, tu ne me crois sûrement pas capable de voler l'animal de compagnie d'une petite fille.

Ça avait dû lui demander beaucoup d'entraînement, mais la garce réussit même à laisser couler quelques larmes.

— Tu me connais. Je ne ferais jamais une chose pareille.

La mâchoire de Xaphan se durcit, mais il ne chercha pas à la rejoindre.

— Où est Pete ?

Une expression rusée remplaça les fausses larmes.

— En vacances prolongées. Il m'a laissée en charge de sa boutique pendant son absence.

— Je vois.

Encore une fois, ses mots parurent hachés, et comme si elle sentait la distance, Roxanne enroula la laisse du dragon autour d'une statue et glissa littéralement vers lui, ses hanches se balançant autant qu'un succube cherchant son repas suivant.

— Chéri, tu m'as tellement manqué, dit-elle en tendant la main pour le toucher.

Nauséeuse, Katie se détourna et, le pas lourd, se dirigea vers la sortie.

Stupide, pourri, menteur, nul…

— Où penses-tu aller, ma petite furie ? demanda Xaphan d'une voix forte. Nous n'avons pas encore fini.

Elle se retourna en luttant contre les larmes qui menaçaient de couler.

— Je suis sûre que vous serez capables de rendre le dragon ensemble. Toi et Roxanne, dit-elle en manquant de s'étouffer sur le nom de la garce.

— Je ne parlais pas de notre mission pour Lucifer. Il était question d'un certain pari. Nous sommes actuellement à égalité.

— Donc ? Ne me dis pas que tu vas me laisser tuer ta précieuse Roxanne ? demanda-t-elle, les doigts la démangeant de lancer ses poignards.

— Xaphan, de quoi parle cette folle ? demanda la vampire en s'agrippant à lui d'une manière qui tordit le cœur de Katie.

— Ferme ton clapet, Roxanne. Katie et moi avons

une conversation. Comme je le disais, nous semblons être à égalité, ma douce furie. Alors qu'un vrai gentleman laisserait probablement le choix à la dame pour tuer, nous savons tous les deux que tu n'es pas une dame, et que je ne suis pas un gentleman. Et puis, je joue pour gagner. Dis bonjour au numéro treize.

Sans voix et sous le choc, Katie regarda son épée transpercer Roxanne et la pointe émerger de son dos, humide et rouge.

Oh merde. Il l'a tuée ! Pour moi.

Et elle faillit jouir dans son pantalon.

11

Son ex-amante serra la poignée de la lame dans sa main et haleta :

— Qu'est-ce que tu as fait ? Pourquoi ?

En regardant les traits parfaits de Roxanne, Xaphan ne ressentit rien. Pas un seul pincement : nada. Mais quand il avait vu le visage choqué de Katie au moment où ils avaient réalisé que celui qu'ils pourchassaient était son ex-petite amie… bon sang, son expression triste et ébranlée avait failli le tuer. Il avait compris qu'il devait faire quelque chose de spectaculaire avant que sa furie prenne à nouveau la fuite. Prouver à Katie que Roxanne ne signifiait plus rien. La tuer et gagner son pari par la même occasion semblait être la solution parfaite.

— Tu poses vraiment la question ? Parce que tu n'es qu'une fourbe. Voilà pourquoi. Et en plus, j'avais besoin de gagner un pari contre une belle tueuse.

Retirant sa lame avec un bruit de succion, il ramena son bras en arrière avant de le balancer en avant. Mettre fin à la vie de cette garce qui avait foutu en l'air la sienne de tant de manières lui fit un bien fou. Ce fut même libérateur, mais pas aussi excitant que ce qu'il avait prévu ensuite.

Katie se tenait aussi immobile qu'une statue alors qu'il s'avançait vers elle. Sans lui demander la permission, il la prit dans ses bras et plaqua un baiser sur ses lèvres, une étreinte passionnée pour lui montrer qu'il ne voulait qu'elle et rien qu'elle.

— Frimeur, dit-elle avec un sourire et le regard brumeux quand il la laissa enfin reprendre son souffle.

— Je pensais que tu apprécierais le geste romantique.

— La plupart des démons voleraient de jolies pierres à offrir.

— Je ne suis pas la plupart des démons.

— J'ai remarqué. Et maintenant ?

— Maintenant, retournons en enfer. Quelqu'un me doit un gage et j'ai l'intention de réclamer mon dû.

Son gloussement le réchauffa de part en part.

— Patience, démon. Nous devons d'abord rendre quelque chose à son propriétaire.

D'un pas rapide, il se dirigea vers le dragon rose et s'agenouilla pour décrocher le fer cruel. Après l'avoir libéré, il caressa la tête de la créature qui se frotta contre lui avec un grognement.

— Viens, ordonna-t-il à la bestiole.

L'animal de compagnie le suivit alors qu'il retournait vers Katie.

— Je pense qu'elle t'aime bien, dit-elle en souriant.

— C'est mon charme.

— Ou l'odeur du sang, hasarda-t-elle en désignant le dragon qui léchait sa botte.

Fronçant le nez, il secoua le pied, et des yeux émouvants le fixèrent d'un air de reproche. Il soupira et laissa le dragon le lécher.

— Si tu le dis à quelqu'un, je vais devoir te tuer.

— Pourquoi le dire quand je peux le publier en ligne ?

Détournant le regard de la langue qui le nettoyait, il eut juste le temps de capter un éclair de lumière alors que Katie prenait sa photo.

— Tu vas payer pour ça, gronda-t-il.

— Des promesses, encore des promesses. Prends notre amie assoiffée de sang. Il est temps de rentrer à la maison.

Elle accrocha alors son bras au sien tandis qu'il passait l'autre bras autour du dragon, et sortit son amulette pratique pour les renvoyer chez eux.

Le trajet jusqu'au château dura une éternité, c'est du moins l'impression qu'il eut. Le dragon rose trottait à leurs côtés, aussi heureux que possible et sortant une langue de temps en temps pour les lécher. Katie sautillait en fredonnant, comme d'habitude – avec la grande différence que, cette fois, ses doigts étaient entrelacés aux siens. Quant à lui, il avait retrouvé son état grincheux, ce qui lui était facile quand il avait le regard tourné vers tous les yeux masculins qui fixaient un peu trop longuement sa femme.

Et elle était à lui.

Qu'elle l'accepte ou non – et elle le ferait dès qu'il en

aurait terminé avec elle –, il n'avait pas l'intention de la laisser partir. Au cours des derniers jours, il avait réalisé plusieurs choses. Premièrement : sortir avec Katie n'était jamais ennuyeux. Même habillée, elle le stimulait.

Deuxièmement : sourire ne ferait pas craquer son visage, et l'enfer ne s'était pas figé quand il avait ri. Le bonheur pouvait lui appartenir, s'il le voulait. Et il le voulait.

La troisième découverte ? Il l'aimait. Bien sûr, il avait tenté de résister, essayé de repousser l'attrait de ses rires et ses bavardages, s'était efforcé d'ignorer la façon dont il se réchauffait chaque fois qu'elle s'approchait. Il avait même fait son possible pour prétendre que ce n'était pas de la jalousie qui le submergeait quand il avait des désirs de meurtres vis-à-vis de tous ceux qui la regardaient.

Je suis fou d'amour. Et il ne pouvait imaginer un avenir ou une vie sans elle à ses côtés.

En prendre conscience était effrayant, parce que même s'il savait que Katie avait de l'affection pour lui – il était encore en vie, après tout –, il n'était pas sûr de sa réaction quand il lui annoncerait la nouvelle. Heureusement, il pouvait reporter cette annonce jusqu'à ce qu'ils aient rendu le dragon.

Quand ils entrèrent dans le bureau de Lucifer, la secrétaire leur annonça qu'ils venaient de le rater : sa petite-fille était venue lui rendre visite et ils s'étaient rendus ensemble au jardin de rocaille.

Impatient à présent, d'autant plus que Katie n'arrêtait pas de lui lancer des regards timides par-dessus son épaule, il prit le chemin de la cour intérieure et s'arrêta net dans l'embrasure de la porte.

— Je veux bien être damné, marmonna-t-il.

— Tu l'es déjà, répliqua Katie avant de pousser un « Oooh ! » en voyant ce qui avait attiré son attention.

Là se trouvait une petite fille avec un nœud dans les cheveux qui courait après un dragon rose vif en riant. Lucifer les remarqua et leur fit signe d'approcher.

— Vous êtes de retour. Bonne nouvelle. Il s'avère que le dragon n'avait pas disparu finalement. La petite Lucinda a appris à faire un portail et a fait passer Fluffy en cachette. Muriel l'a trouvé dans le hangar ce matin quand elle est allée chercher des sécateurs, expliqua Lucifer qui rayonnait de fierté devant les méfaits de sa petite-fille.

Sa fille Muriel, par contre, fit une grimace.

— Petite fille gâtée. Je lui ai dit qu'on ne pouvait pas garder le dragon dans la dimension mortelle, alors elle a voulu le cacher pour pouvoir lui rendre visite quand elle le voulait.

— Attendez une seconde, dit Xaphan en tournant le regard vers la créature rose à ses côtés. Si l'animal disparu est là, alors d'où vient celui-ci ? Et quelles étaient les traces qu'on a suivies dans le marais depuis le tunnel secret ?

Interrompant son jeu, la petite fille le fixa avec un regard qui lui donna des frissons.

— C'est moi, dit-elle d'une voix enfantine en contradiction avec son regard qui paraissait âgé. Je ne pouvais pas faire de portail dans le jardin, parce que grand-père l'aurait senti. J'ai donc emmené Fluffy dans les marais, puis je l'ai ramenée à la maison juste après avoir transformé une de ces grenouilles puantes en une copie.

— Tu as quoi ? cria Muriel tandis que Lucifer souriait d'une oreille à l'autre en s'exclamant : c'est la petite-fille de son grand-père !

Comme pour prouver ses paroles, Lucinda, qui avait l'air d'une enfant de quatre ans mais qui faisait peur à tout le monde, regarda le dragon rose occupé à lécher la botte de Xaphan et, avec un pop, une grenouille surdimensionnée aux yeux exorbités apparut.

Donc, Roxanne avait dit la vérité ? Probablement pour la première fois de sa vie de morte-vivante. Quelqu'un avait trouvé un faux dragon rose dans le marais et le lui avait donné. Quant à Lucifer, il lui avait suffi d'un petit coup de fil pour savoir que Pete prenait des vacances bien méritées. Oups. Il avait tué Roxanne pour un crime qu'elle n'avait pas commis. Mais Xaphan ne se sentait pas coupable de ce qu'il avait fait. Entre prouver à Katie que Roxanne ne comptait plus pour lui ou qu'elle garde toujours le doute, le choix avait été vite fait, et si c'était à recommencer, il ferait de même.

Mystère résolu. Maintenant, il fallait s'échapper. Profitant du fait que Lucifer divertissait sa jeune invitée en faisant tourner sa propre tête comme une toupie pendant que de la fumée s'échappait de ses narines, Xaphan entraîna Katie loin de la folie de leur suzerain et l'emmena chez lui.

Katie le suivit en gloussant et ils se précipitèrent vers le lit le plus proche : le lit où il avait l'intention de la garder jusqu'à ce qu'il trouve le courage de lui dire « Je t'aime ». Son plus gros souci était qu'elle essaierait probablement de le tuer dès qu'il prononcerait le mot avec un grand A.

Je me demande si je ne devrais pas d'abord l'attacher.

Oh, les possibilités que l'idée lui ouvrit… et il ne parlait pas seulement du genre érotique.

JOYEUSE ET EXCITÉE, KATIE NE PROTESTA PAS lorsque Xaphan la jeta sur son grand lit.

— Whee !

Déjà en train de retirer sa chemise, il s'arrêta et la regarda.

— Que faudrait-il pour que tu refasses ce son quand je serai au plus profond de toi ?

— Il va te falloir expérimenter pour le découvrir, dit-elle en riant.

— Allumeuse.

— Parfaitement.

Elle adressa un clin d'œil, puis un grand sourire quand il gémit… probablement parce qu'elle avait saisi ses seins à travers ses vêtements… des vêtements très sales. Elle fronça le nez.

— J'ai besoin d'une douche. Je suis dégoûtante.

— Je suis d'accord.

Saisissant sa cheville, il la tira vers lui tandis qu'elle couinait et la souleva sur son épaule avant de l'emmener dans sa salle de bain. Elle n'eut qu'un aperçu des carreaux en mosaïque noirs avant qu'il ne la pose au sol.

Doucement, il l'assit sur le plan de travail et commença à la déshabiller, enlevant d'abord sa chemise ensanglantée, puis s'agenouillant pour délacer ses bottes. Sa lenteur fit battre le cœur de Katie et son souffle s'accéléra. Une fois les bottes retirées, il lui ôta ses chaussettes tandis qu'elle se trémoussait avec impatience.

— Tu prends trop de temps.

Quand il leva le regard vers elle, avec sa mâchoire déjà ombragée par sa barbe de un jour et ses lèvres incurvées en un sourire sensuel, elle sentit son cœur manquer un battement. Elle aurait pu le regarder ainsi toute la journée… mais elle préférait lui faire l'amour à la place.

— Je pensais que la patience était une vertu, déclara-t-il calmement avant de s'attaquer à son jean.

— Pour celles qui ne sont pas chaudes et humides.

Il arrêta le lent abaissement du jean qui n'était qu'à mi-chemin sur ses hanches.

— Tu…, dit-il dans une voix qui ressemblait à un grondement sourd. Tu mouilles pour moi, Katie ?

Un frisson la parcourut à sa question.

— Beaucoup. J'ai besoin de toi, grincheux. Alors dépêche-toi, conclut-elle gaiement.

Mais la faim qui la consumait eut finalement raison de lui. Avec un bruit de déchirement, il lui arracha son pantalon et elle se retrouva avec juste une petite culotte.

D'une main calleuse, il prit son sexe et elle ferma les yeux, le corps tremblant sous la chaleur de sa caresse. Un coup sec et la voilà complètement nue la seconde suivante, gémissant alors que son doigt caressait ses replis intimes.

— Tu as oublié de mentionner à quel point tu es également brûlante, murmura-t-il.

— Et sale. Tellement, tellement sale, ronronna-t-elle en se penchant en avant pour caresser son torse nu.

Elle passa un doigt le long de la ceinture de son pantalon, se délectant de la façon dont ses abdominaux se tendaient. Détachant sa ceinture, puis les boutons, elle écarta largement les bords de son jean et saisit son sexe qui s'en échappa, dur et prêt.

— Est-ce que je t'ai dit que je t'aime bien sale ?

— Et moi je t'aime à l'intérieur de moi, mais on ne peut pas toujours avoir ce qu'on veut, chantonna-t-elle.

— C'est ta façon de me faire comprendre que nous devrions d'abord prendre une douche ? Parce que je ne pense pas pouvoir attendre aussi longtemps, gronda-t-il en ondulant des hanches et faisant glisser son sexe dans sa main.

Elle pressa ses lèvres contre la peau lisse de son torse et sentit les battements erratiques de son cœur.

— Disons que tu as en quelque sorte gagné le pari, donc j'imagine que je ne peux pas vraiment t'empêcher de prendre ton prix, murmura-t-elle contre sa chair avant de le mordiller.

Le sexe dans sa main se mit à gonfler. Elle écarta

les jambes et les enroula autour de lui, l'attirant plus près, assez près pour pouvoir mettre leurs sexes en contact. Il prit une profonde inspiration.

— Je pensais que tu n'allais pas me tuer, haleta-t-il alors qu'elle le faisait entrer et sortir, juste assez pour le mouiller.

— Je ne porte pas de couteaux.

— Et pourtant, je crois que je vais mourir si je n'enfonce pas ma queue en toi, gronda-t-il.

Elle leva la tête et vit qu'il la fixait, les yeux lourds de passion.

— Tu dis les choses les plus douces, murmura-t-elle avec un sourire.

— Assez parlé. Il est temps de passer à l'action, rétorqua-t-il avant de guider son sexe volumineux dans son intimité.

Lentement, il s'enfonça en elle en lui tenant les fesses pour la maintenir immobile.

— Et notre douche ? haleta-t-elle.

— Tu veux une douche ? Je vais te la donner.

Tout en la maintenant fermement autour de lui, il la souleva du meuble et entra dans l'immense cabine carrelée. Le dos appuyé contre son mur, elle s'agrippa à ses épaules et se hissa vers le haut, puis se laissa tomber alors qu'il jouait avec les boutons du robinet. Le premier jet d'eau froide la fit crier et tous ses muscles se contractèrent.

— Merde !

Les hanches de Xaphan se cambrèrent quand ses parois intimes se resserrèrent de plus en plus autour de lui.

— Je vais jouir, chérie.

Comme si elle n'avait pas remarqué la chaleur qui la remplissait. Elle lui avait donc fait perdre le contrôle ? C'était merveilleux.

Pourtant, il ne paraissait pas si impressionné.

— Je suis désolé, marmonna-t-il, la tête penchée de chagrin. J'avais trop envie de toi.

— Alors c'est fini ?

— Pas sur ta vie, gronda-t-il. Ce n'est que le début.

Rien de tel que de jouir avant sa femme pour se sentir comme un amant égoïste, songea Xaphan avec dégoût. Non pas que Katie paraisse énervée. En fait, elle lui adressa un doux sourire accompagné d'un clin d'œil malicieux qui finit de le convaincre qu'il l'aimait.

Il retira son sexe ramolli et commença à lui prouver de la seule manière qui lui vint à l'esprit combien il tenait à elle et l'adorait. Sa propre déesse vivante, euh... non, furie.

Il lui lava le corps avec son savon, commençant par les épaules et descendant plus bas pour pétrir ses seins lourds. Elle ronronna presque alors qu'il s'attaquait à ses mamelons tendus qui imploraient son attention. Il plongea pour leur donner un coup de langue, puis cracha aussitôt.

— Fichu savon, jura-t-il.

Elle gloussa.

— C'est le karma qui t'apprend à ne pas parler la bouche pleine.

Envoûté par son rire, il rinça la mousse restante et retourna à l'objet de ses désirs : ses douces baies rouges.

Le rire se transforma en gémissements de plaisir alors qu'il les suçait et les mordillait, alternant entre les deux. Mais ce n'était que l'entrée. À genoux, il frotta son visage contre son ventre doux tandis que sa main caressait ses replis humides.

— Xaphan.

Elle murmura son nom alors qu'il descendait plus bas, se blottissant contre son intimité, avant de glisser un doigt dans son sexe. Humm, chaud et moite. Il en glissa un autre. Plus serré… agréable. Il fit entrer et sortir ses doigts, une cadence lente qui la fit rapidement onduler des hanches. Il y ajouta alors la langue… et faillit perdre ses cheveux. Elle les serra avec force en criant son plaisir. Autour de ses doigts, il sentit son sexe se resserrer. Bon sang, il voulait la faire jouir encore et encore. Il passa sa langue sur son mamelon, les doigts toujours enfouis en elle. Elle résista, cria, lui arracha le cuir chevelu et finit par jouir.

Seule une personne ayant une partie de soi enfoncée dans un corps chaud secoué par un orgasme pouvait comprendre la beauté magique du moment : les frissons incontrôlables de la chair et l'émerveillement d'avoir réussi à procurer un plaisir aussi déchirant.

Mais Xaphan ne comptait pas s'arrêter là. Il continua en pensant déjà à l'orgasme suivant, la suçant et la léchant tandis que ses doigts s'agitaient à toute vitesse dans ce sexe tremblant. Elle se resserra à nouveau d'une manière qui lui dit qu'elle prenait le chemin du deuxième orgasme.

Elle le comprit aussi car elle lâcha ses cheveux et le poussa en pressant ses mains contre ses épaules et son pied sur son torse. Il atterrit sur le dos sous la douche, un peu brutalement, mais ça valait tellement le coup quand elle lui bondit dessus.

Perchée au-dessus de lui, les cheveux humides et les yeux brillants, elle sourit en se penchant pour l'embrasser. Elle dévora sa bouche et l'aspira en elle en s'asseyant sur lui. Alors qu'elle suçait sa langue en l'enfonçant au plus profond, Xaphan sentit son désir se réveiller avec férocité au contact des muscles palpitants de ses parois intimes. Leurs lèvres unies et les mains sur ses hanches, il finit de la pénétrer d'un coup de rein.

C'était sauvage, primitif et beau : la perfection. Et quand elle succomba à un autre orgasme en criant son nom, il ne put s'empêcher de la suivre en laissant les mots s'échapper de son cœur.

— Je t'aime, Katie.

12

Le « Je t'aime » résonna tout autour d'elle, la gifla, la choqua. Un rugissement emplit ses oreilles. La panique la submergea comme un raz-de-marée de proportions épiques.

— Non. Non, non, murmura-t-elle en s'écartant de lui, le bas de leurs corps toujours intimement liés. Pourquoi as-tu dit ça ?

Parce que c'était fait, à présent. Il l'avait forcée à reconnaître qu'elle l'aimait elle aussi. Le problème, c'était que, même si elle savait avec certitude ce qu'elle ressentait – il était toujours en vie, après tout, n'est-ce pas ? –, il y avait un énorme problème avec sa déclaration.

Elle se dégagea et s'enfuit de la douche en emportant ses vêtements hors d'usage.

Bien sûr, il la suivit.

— Ne panique pas. Je sais que ces histoires d'intimité, ce n'est pas vraiment ton truc et que tu as des problèmes de confiance.

— Je savais que j'aurais dû te tuer, marmonna-t-elle en se débattant avec sa chemise sale.

Son pantalon, par contre, était en lambeaux. Elle parcourut fébrilement la chambre immaculée du regard et laissa échapper un juron. Quel genre d'homme était-il pour ne laisser traîner aucun vêtement ?

— On ne pourrait pas en parler ?

— Non. Je dois y aller.

Rapidement… avant de céder aux larmes qui menaçaient de couler.

— Est-ce que je vais trop vite ?

— La vitesse de la lumière n'est rien comparée à toi.

— As-tu besoin d'espace ? Je peux t'en donner, mais pas trop. J'admets que je suis quelqu'un de jaloux.

— Et je suis une fille jalouse, répondit-elle sans réfléchir alors qu'elle fouillait dans ses tiroirs à la recherche de quelque chose pour couvrir ses fesses nues.

— Je suis amoureux de toi, Katie. Je veux faire partie de ta vie.

— Tu crois que tu l'es.

Sortant un survêtement, elle l'enfila en faisant de son mieux pour ignorer son corps nu et dégoulinant.

— Excuse-moi ?

— Pourquoi ? Tu as pété ?

— Katie ! gronda-t-il. Ne change pas de sujet en plaisantant. Il faut qu'on en parle.

Finalement habillée, si on pouvait dire, d'un

pantalon prêt à tomber de ses jambes et à s'enrouler autour de ses chevilles, elle s'autorisa enfin à croiser son regard... et faillit s'y noyer.

— Bien, dit-elle en se redressant et prenant une profonde inspiration. Tu veux en discuter et savoir ce que j'en pense ? Voilà : je pense que tu penses que tu es amoureux de moi, mais qu'en réalité tu ne l'es pas. Ou que tu ne le resteras pas. Tu subis un contrecoup. Tu viens de sortir d'un engagement de trois cents ans...

— Je ne qualifierais pas d'engagement le fait de m'astiquer le manche en solitaire pendant plusieurs siècles, déclara-t-il sèchement.

—... et tu t'accroches à la première fille sexy que tu rencontres : moi. Ce que je ne peux pas te reprocher, car vraiment, je suis adorablement mignonne. N'empêche que ce que tu ressens, c'est de la luxure. Ou de l'engouement. Mais pas de l'amour.

Sur la fin, sa voix avait perdu son ton monocorde, car les larmes l'empêchaient de parler.

— Connerie. Je sais ce que je ressens.

Ne se souciant plus qu'il voit ses larmes, elle s'approcha et le frappa à la poitrine, puis secoua son doigt dans sa direction.

— Tu penses savoir ce que tu ressens ? Vraiment ? Parce que tu pensais aimer Roxanne aussi. Il s'avère que tu t'étais trompé à son sujet.

— Oui. Je l'admets. Mais là, c'est différent. Je ressens autre chose. Quelque chose de réel. De plus intense.

— C'est juste parce que je suis bonne. Baise encore

quelques femmes et tu verras que je ne suis pas si spéciale. En fait, si, mais je ne suis pas la femme qu'il te faut.

— Je te dis que si.

— Je te rends dingue.

— Mais j'aime ça.

— Non, c'est faux. Je ne ressemble en rien à Roxanne. Je suis perturbée, désorganisée, rusée, violente et tout simplement pas faite pour toi. Tu as besoin de quelqu'un avec des yeux assortis que tu pourras mettre sur un piédestal et adorer.

— Mais j'aime tes yeux, et toutes ces autres choses. Je veux t'adorer.

Pourquoi fallait-il qu'il paraisse si sincère ?

— Non, non ! s'exclama-t-elle en tapant du pied.

Comment osait-il rendre la chose difficile ? Ne voyait-il pas qu'elle essayait de faire le bon choix ? Pour elle, en tout cas. Elle ne pouvait pas l'aimer car il finirait par la quitter, tout comme son père avant. Ou il la blesserait comme tous les hommes qui avaient défilé dans sa vie. Elle ne pouvait pas le permettre.

— Tu es illogique.

— C'est parce que je suis folle, dit-elle en le frappant avec le manche d'un couteau qu'elle avait récupéré de son pantalon déchiré.

Il s'effondra sur le sol et elle se sentit immédiatement mal. Elle lui apporta un oreiller, puis une couverture, plus pour couvrir ses délicieuses parties viriles que pour le garder au chaud.

Regardant son visage inconscient, si beau malgré le bleu qui grandissait sur sa tempe, elle soupira.

Pourquoi avait-il fallu qu'il détruise une relation de sexe aussi incroyable en prétendant avoir des sentiments pour elle ? Est-ce qu'il n'aurait pas pu se contenter de lui donner quelques orgasmes avant de partir, et lui permettre de le haïr et ainsi de l'oublier en le tuant ? Oh non. Il voulait qu'elle pense qu'il était capable de l'aimer. Qu'ils pouvaient avoir une fin heureuse. Comme si c'était possible.

Katie était décidée à ne pas tomber dans ce piège. C'est ce qu'elle se dit, en tout cas. Au fond, elle comprenait que c'était la peur qui la faisait réagir avec une telle violence. La peur de faire confiance. Une peur qu'elle ne pouvait tout simplement pas empêcher ou supporter.

Habillée, quoique bizarrement, elle partit sans se retourner. Elle fuit son appartement et sa vie. Elle fuit tout ce qui la faisait penser à lui. La seule chose qu'elle ne pouvait oublier était son amour pour lui et la dépression qui suivit. Mais elle et la mélancolie étaient de vieilles amies, alors au moins elle n'était pas seule.

XAPHAN SE RÉVEILLA LA TÊTE DOULOUREUSE ET LES membres tendus et inconfortables. Qu'est-ce que c'était ? Levant la tête, il remarqua la couverture posée sur lui, l'oreiller sous sa tête et ses draps déchirés en rubans noués autour de ses membres pour l'immobiliser.

Katie pensait-elle sérieusement que des méthodes aussi dérisoires pourraient le retenir captif ? Il banda à peine les muscles et brisa les liens de fortune. En se levant, il sut sans même regarder qu'elle était partie. Il lui avait fait peur avec sa déclaration, tout comme il le craignait. Mais cela ne l'attrista pas car il avait découvert quelque chose de vraiment important.

Katie tenait à lui… et peut-être même qu'elle l'aimait ? Quelle autre conclusion fallait-il tirer en voyant que sa tête était toujours en place, qu'aucune partie de son corps ne manquait, et qu'elle s'était suffisamment inquiétée pour le couvrir avant de s'enfuir ?

Le problème, comme il le réalisa quelques heures plus tard, c'était qu'il ignorait où elle avait fui.

Toutes ses recherches s'étaient soldées par un échec. Déprimé, il s'assit sur les marches de pierre du hall du château de Lucifer et broya du noir.

— Pourquoi ce visage chagrin ?

En entendant Terre-Mère, Xaphan se leva d'un bond et se mit au garde-à-vous.

— Juste pensif, madame.

— Où est Katie ?

— Partie, admit-il, incapable d'empêcher son ton maussade.

— Elle n'a pas pu supporter ton amour, c'est ça ?

Il la regarda avec étonnement. Comment savait-elle ?

— Oh, ne me regarde pas comme ça, répondit Gaïa en levant les yeux au ciel. Vous êtes manifestement tombés amoureux l'un de l'autre. J'espérais cependant qu'elle ne paniquerait pas.

— Pourquoi l'a-t-elle fait ? Je veux dire, je lui ai dit que je l'aimais.

— Tu dois comprendre, Xaphan, que Katie aimerait pouvoir te faire confiance. Mais les hommes de sa vie l'ont toujours laissée tomber. Son propre père, qui prétendait l'aimer plus que tout, l'a abandonnée. Ses beaux-pères la traitaient horriblement, comme l'ont fait à peu près tous les hommes qu'elle a rencontrés. Même sa mère ne l'a pas défendue.

— Mais je ne ferai jamais ça. Je suis un homme de parole. Du moins je l'étais, admit-il.

Un sourire narquois releva les lèvres de Gaïa.

— Oui, j'ai entendu dire que tu as rompu ton vœu. Mais je dirais que le tenir durant trois cents ans sans faillir fait quand même de toi un homme d'honneur. C'est ce que Lucifer déteste le plus chez toi.

— Comment puis-je la retrouver et la convaincre ?

— Est-ce que tu l'aimes vraiment ?

— Oui.

Sa réponse sortit sans hésitation. Le simple fait de savoir qu'elle était quelque part, blessée et seule, le rendait fou.

— Alors, suis ton cœur.

Suivre son cœur ? Mais la dernière fois, ça l'avait égaré.

— Femme ! beugla Lucifer en entrant dans le hall vêtu de toiles de jute noires. Arrête de perturber mon serviteur. Xaphan, ignore-la et accroche-toi, mec. Tout n'est pas perdu. Ricco a un chien prêt à partir dès que tu voudras suivre sa trace. Mais d'abord, suis-moi.

— Pourquoi, monsieur ?

— Pour que je puisse te préparer au combat de ta vie, s'exclama Lucifer.

— Vous pensez que je vais devoir la combattre ? demanda Xaphan, le front plissé.

Comme il n'esquiva pas, il reçut en pleine tête la claque de Lucifer.

— Idiot. Je ne parle pas d'un combat avec tes poings. C'est d'un cœur de femme dont nous parlons. Tu devras gagner la bataille de l'esprit et du cœur. Heureusement pour toi, j'ai les méthodes et les informations dont tu auras besoin pour réussir.

— Ou il pourrait simplement suivre son cœur, s'écria Gaïa derrière eux.

Xaphan et Lucifer échangèrent un regard, puis reniflèrent avec mépris. Xaphan préférait rester fidèle au diable qui connaissait les femmes et qui avait un plan concret.

Parce que je ne te laisserai pas partir, Katie. Prête ou pas, je viens te chercher.

13

Un jour passa. Deux. Puis trois. Mais il ne se montra pas.

Ça n'aurait pas dû la surprendre. Après tout, elle l'avait techniquement largué, lui avait jeté sa déclaration d'amour à la figure, l'avait assommé... Oh, et l'avait attaché à ses meubles. Peut-être même qu'il y était toujours attaché et que sa fierté l'empêchait d'appeler à l'aide.

Quoi qu'il en soit, s'il l'aimait vraiment comme il le prétendait, rien ne l'aurait arrêté, même si elle s'était réfugiée dans le coin le plus sombre des Bois Sombres en cachant ses traces. Car, évidemment, elle était allée dans le seul endroit capable de lui filer les jetons : un territoire infesté d'araignées avec des toiles assez grandes pour avaler un démon vivant et l'envelopper pour un futur repas. L'avait-elle fait exprès ? Eh bien oui, car vu sa panique, ça lui avait paru tout à fait approprié de se retirer dans un endroit où habitaient les plus grandes peurs de Xaphan : des monstres géants à huit pattes, poilus.

Bien qu'elle ait affirmé qu'il ne pouvait pas l'aimer et qu'il se remettait simplement d'une liaison, une part d'elle avait cru qu'il viendrait la trouver. Qu'il arriverait, le visage sévère et en colère, prêt à lui faire entendre raison avant de lui faire l'amour jusqu'à ce qu'elle lui promette de ne plus jamais partir.

Des rêves insensés alors qu'elle s'était crue assez mature pour ne pas s'adonner à ce genre de fantasmes. Pourtant, elle avait beau se reprocher d'être une imbécile, elle se redressait chaque fois qu'une branche craquait ou que des toiles bruissaient.

Trois jours, quand même. C'était plus que suffisant pour la localiser s'il le voulait vraiment. Manifestement, ce n'était pas le cas.

Assise sur sa branche et balançant une jambe, elle soupira.

Et dire que je l'ai presque cru quand il m'a dit qu'il m'aimait.

Soudain, des bras s'enroulèrent autour de sa taille, semblables à de solides bandes d'acier, et l'emprisonnèrent.

— Qu'est-ce que c'est ! cria-t-elle.

Elle n'avait entendu aucun murmure ni mouvement avant d'être piégée par – elle baissa les yeux et son cœur s'affola – un beau démon grincheux.

Il est venu pour moi !

— Bonjour, ronronna Xaphan à son oreille dans un murmure rauque qui lui picota les orteils.

— Comment as-tu fait pour me surprendre ?

demanda-t-elle, pas encore prête à lui faire face alors que tout son être – cœur et esprit – éclatait de joie à son arrivée.

— Maître des ombres, tu te souviens ?
— Mais j'ai caché mes traces.
— J'ai emprunté le nez d'un ami.
— Je suis au centre du territoire des araignées.
— Oui. J'ai remarqué. Heureusement, j'ai apporté une grosse boîte de spray anti arachnides.

Elle retint un gloussement à l'idée qu'il combatte ces araignées avec un spray rouge Raid.

— Il t'a fallu trois jours, l'accusa-t-elle.
— J'étais occupé.

Occupé à faire quoi ? Courir après d'autres filles ? Essayer de l'oublier ?

— Eh bien, tu arrives trop tard.
— Trop tard pour quoi ?
— Pour m'avoir. Je ne suis pas intéressée.
— Si, tu l'es. Tu m'as manqué. T'ai-je manqué ? murmura-t-il dans un souffle qui lui chatouilla l'oreille.

S'il lui avait manqué ? Son cœur se mit à battre plus vite.

— Non, pas du tout. Pas même un tout petit peu.
— Menteuse, dit-il en s'esclaffant et la tournant dans ses bras sans la lâcher.
— Pourquoi es-tu venu ?
— Parce que je t'aime, dit-il en posant une main sur sa bouche pour l'empêcher de répondre. Non, tu ne peux pas encore parler. Tu as tendance, j'ai remarqué, à t'enfuir avec des conclusions erronées, alors

cette fois, tu devras m'écouter. Je t'aime, Katie, la belle furie tueuse de démons.

Elle secoua la tête malgré son silence forcé.

— N'essaie pas de le nier. Je sais ce que je ressens, et je te le dis tout de suite, je ne l'ai jamais ressenti auparavant.

Elle plissa les yeux.

— Jamais. Ce que j'ai eu avec Roxanne ne ressemblait en rien à ce que je ressens pour toi. Même pas de près. J'ai besoin de toi.

Non, elle ne fondrait pas. Elle devait rester forte.

— Furie têtue. Très bien, tu as besoin de plus de preuves ? Je me suis rendu dans des bars le premier jour après ton départ.

Aha, l'infidèle.

— J'ai laissé les femmes me faire des avances, à gauche, à droite et au centre.

Oh, elle sentit monter un déchaînement meurtrier.

— Elles m'ont laissé de marbre.

Tuerie évitée.

— Alors je me suis rendu à une agence de rencontres.

La pression artérielle remonta.

— Ils m'ont présenté de belles femmes, des femmes agréables.

Prête à exploser.

— Aucune ne t'arrivait à la cheville.

Elle poussa un soupir de soulagement.

— Je me fais confiance, et tu le devrais aussi. J'ai passé trois cents ans sans regarder aucune femme, et crois-moi, beaucoup ont essayé de me séduire.

Aucune, pas une seule, ne m'a jamais donné de nuits blanches. Même pour Roxanne, je n'ai jamais ressenti ce besoin de m'astiquer au point de m'écorcher. Aucune ne m'a donné envie de sourire à nouveau. Jusqu'à toi.

Elle sentit le bouclier de sa résolution glisser et le remit aussitôt en place avec des pensées de meurtre et de chaos. L'enfer allait bientôt être en pénurie de femmes.

— Il y a quelque temps, tu m'as dit que si j'avais vraiment aimé Roxanne, j'aurais su des petites choses à son sujet. Eh bien, je ne l'aimais pas. Mais je peux prouver que je t'aime.

Assis par terre, il ne lui laissa pas d'autre choix que s'asseoir sur ses genoux. Bien sûr, elle aurait pu se débattre, dégainer un couteau et le vider de son sang, mais... elle voulait entendre ce qu'il avait à dire.

— Ta couleur préférée n'est pas le rose que tu portes tout le temps, mais le violet. Tous tes sous-vêtements sont violets, tout comme tes draps et tes serviettes. Même tes foutues assiettes sont mauve pétard. Mais je suppose que je ferais mieux de m'y habituer puisque je n'ai pas l'intention de te quitter.

D'accord, alors il avait cherché et deviné. Ça ne signifiait rien. N'importe qui aurait pu le comprendre.

— Juste pour que tu le saches, poursuivit-il. Tu emménageras chez moi puisque c'est plus grand. J'ai déjà appelé un peintre pour repeindre la chambre en violet, mais si tu le dis à quelqu'un, je raconterai partout que tu regardes secrètement *La Nouvelle Star*.

Ses yeux s'écarquillèrent. Il ne ferait pas ça ?

Humm, à en juger par la contraction de ses lèvres, si, il le ferait. Mince, elle aimait bien ses méthodes.

— Ton plat préféré, qui est pour le moment également l'un des miens, est le poulet frit croustillant avec de la purée de pommes de terre, de la sauce et des biscuits. Mais je te suggère d'y ajouter de la baguette – française, bien sûr.

Encore une fois, trop facile. Son dernier repas avant son exécution était du domaine public, un enregistrement qu'il avait pris le temps de consulter avant de venir. Ça ne signifiait rien... même si elle avait du mal à s'en persuader.

— Tu adores les plantes carnivores car elles te rappellent ton film préféré : *La petite boutique des horreurs*. Tu voudrais appeler ton premier enfant Jennifer, parce que ça te plaît.

Il avait raison.

— Ton dessert préféré est la tarte à la crème de noix de coco avec de la crème fouettée supplémentaire. Tu aimes ton café avec trois sucres et beaucoup de crème. Tu manges ton bagel grillé avec du fromage à la crème. Tu détestes les comédies romantiques, tu adores chanter Madonna quand tu es seule. Oh, et tu trouves ce loup-garou dans *True Blood* très mignon. Ce qui d'ailleurs ne sera pas le cas encore longtemps parce que je vais lui mettre une telle raclée qu'il ne quittera plus jamais sa maison et qu'il finira gros et moche.

Il relâcha alors sa bouche.

— Pas besoin de te la jouer médiéval. Ton derrière est bien plus mignon.

— C'est tout ce que tu as à dire ?

Elle haussa les épaules. D'accord, il avait donc découvert tout un tas de secrets sur elle. Il avait fait un effort mais ça ne voulait pas dire que… oh, et puis zut. De qui se moquait-elle ? Elle aimait ce démon et s'il ne l'aimait pas, alors il faisait drôlement bien semblant. Et s'il la blessait un jour ? Elle découperait ses fesses en si petits morceaux que même un bébé démon ne pourrait pas s'étouffer en les mangeant.

— Tu as oublié une chose.

— Pas du tout, dit-il en prenant son visage et captant son regard. Tu as un rêve, celui de tomber amoureuse de quelqu'un qui ne te fera jamais souffrir et qui ne te trahira pas. Qui préférerait mourir que te quitter. Tu veux quelqu'un à aimer et en qui tu peux avoir confiance. Cette personne, c'est moi. Je suis ton rêve et tu es ma raison de vivre.

— D'accord. Je l'admets. Je t'aime. Mais sache que ça ne m'empêchera pas de t'arracher le cœur si jamais tu regardes une autre femme avec convoitise.

— Ma douce et violente furie, je ressens la même chose.

En matière de couple parfait, rien de tel qu'un duo de meurtriers assortis.

— Et maintenant ?

— Maintenant, on rentre ensemble à la maison. Parce que c'est pour l'éternité, bébé.

— Jusqu'à ce que la mort nous sépare ?

— Et comment ! Je te suivrai dans n'importe quelle vie après la mort qui puisse exister pour les démons et les furies.

Elle éclata de rire.

— D'accord. Scellons cela avec un baiser ?

— Dans une seconde. Puisque tu m'aimes, j'ai une mission pour toi.

— Quoi donc ? demanda-t-elle en se penchant plus près et attendant son baiser.

— Tu peux nous sortir d'ici ? Je n'ai plus d'insecticide et je crois que je rends fous les habitants de cet endroit flippant, dit Xaphan en regardant avec méfiance les ombres entrelacées de toiles d'araignées.

Katie se mit à rire et détourna son attention de l'énorme araignée velue qui planait au-dessus de leurs têtes. Puis elle l'embrassa en activant son amulette.

Cependant, le trajet vers l'appartement et leurs ébats amoureux furent quelque peu retardés, en raison de leurs crises de jalousie assorties, avec un succube qui osa faire un clin d'œil à Xaphan et un démon qui se retourna pour mater les fesses de Katie. Que demander de plus ? Nus, excités, en sueur, de l'amour et un peu de sang.

Quant au tatouage impromptu qu'elle lui fit – « Propriété de Katie » gravé sur son torse –, il le porterait avec fierté, une fois qu'il aurait cessé de crier.

Et bien qu'elle ait toujours des problèmes de colère, une colère qui s'était déplacée vers les femmes osant flirter avec lui, elle n'était plus seule. Aimée de son démon grincheux – qui avait également ses propres problèmes de colère et de jalousie –, elle avait finalement trouvé son prince charmant, et le bonheur pour toujours.

ÉPILOGUE

— Il l'a trouvée, et devine quoi ? Elle ne l'a pas tué.

Lucifer se frotta les mains avec joie en annonçant qu'il avait joué les entremetteurs avec brio.

— Je suis heureuse pour Katie, même si je n'arrive toujours pas à croire que Xaphan ait renoncé à son vœu avant même de tout savoir sur Roxanne.

— Je sais. Je suis le roi de la béatitude. Est-ce que j'ai droit à une récompense ?

— Tu viens de recevoir une récompense.

C'est vrai, se dit Lucifer avec un sourire affectueux alors qu'il caressait la hanche nue de Gaïa.

— Je pense qu'il m'en faut une autre.

— Dans un instant, espèce de démon lubrique. Alors dis-moi, qui seront les prochains dans ton programme d'entremetteur ?

Le sexe au garde-à-vous qui tendait les draps, il mit ses mains sous sa tête avant de répondre :

— Comment sais-tu que ce n'est pas fini ?

— Oh, s'il te plaît, dit-elle en riant. Tu ne t'es pas autant amusé depuis les croisades.

— Et comment le saurais-tu ? Nous ne sortions même pas ensemble à l'époque.

Un sourire énigmatique recourba les lèvres de Gaïa.

— Ah, mais j'avais un œil sur toi. Même si nous étions dans une période creuse, je ne t'ai jamais perdu de vue. Ne me dis pas que tu croyais que toutes ces tempêtes de sable qui perturbaient tes infidèles étaient des coups de chance ?

— Harceleuse.

— Je préfère le terme « bien renseignée ». Alors, qui sont les prochains ?

— Je pensais viser deux imbéciles d'une seule balle de golf. Felipe et Zancia. Que dirais-tu que je fasse d'eux mes nouveaux caddies pour le prochain *gold match* ?

— Le chat de compagnie d'Ysabel et une démone d'eau, dit-elle d'un air songeur. Tu n'as pas peur d'énerver ta sorcière ?

— Non. Elle est trop occupée à rendre Remy fou pour remarquer quoi que ce soit pour le moment. Et en plus, il faut que quelqu'un maîtrise ce félin.

— Felipe t'a défié, n'est-ce pas ?

— La fichue bête a eu le culot de voler le soufflé au fromage que le chef m'avait préparé !

Et il avait tellement attendu sa friandise.

— Alors tu vas le récompenser en lui présentant une fille ?

— Ça dépend de ta définition de la récompense. Il

est déterminé à rester un matou célibataire. Mais je veux des métamorphes dans mon armée. Et en tant que l'une des rares de son espèce, Zancia doit sortir de sa coquille.

— Tu es sûr pour ces deux-là ? Tu sais que les chats détestent l'eau. Et Zancia doit être la chose la plus timide que j'aie jamais vue.

— Exactement. C'est parfait.

Quoi de mieux qu'un métamorphe et une sirène ?

— Mais quand même, les utiliser comme caddies ? Je pensais que tu voulais gagner ?

— Évidemment. Merde. Peut-être que je devrais attendre pour ces deux-là.

Son sexe se fana à l'idée de perdre. Gaïa avait raison. Il avait besoin d'un bon caddie. Et vite : le tournoi était pour bientôt. La solution lui vint soudain dans un éclair aveuglant.

— Je sais qui prendre.

— Dis-moi.

— McGregor. Cet enfoiré s'est caché quelque part le long de la rivière. Je le forcerai à sortir de sa retraite pour devenir mon caddie, qu'il le veuille ou non. Je connais la fille idéale pour ça. Et pour *s'occuper* de lui.

Il murmura un nom à son oreille.

— Oh, tu es juste diabolique, gloussa Gaïa.

— Je sais. C'est un don, se vanta-t-il avant de la plaquer au matelas pour un deuxième tour.

Plus tard, il ne put s'empêcher de sourire en pensant à son choix pour les prochains candidats au jeu de l'entremetteur de l'enfer. Bien sûr, au début, ils donneraient probablement des ruades et crieraient, mais finalement, les couples chanceux le remercieraient – sinon il publierait une vidéo de leur parade de séduction sur Helltube.

Ses plans pour reconstruire son armée avançaient bien. Et mieux encore, il désignerait McGregor, le plus grand golfeur que l'enfer ait jamais vu – après lui, bien sûr –, en tant que caddie.

Sa générosité était vraiment sans bornes. Et même si McGregor avait juré de ne plus jamais jouer, il ferait comme son seigneur le commandait, sinon… Avec la chance dans la tour ouest et le karma dans la tour est, rien ne pourrait l'empêcher de gagner. La coupe du vainqueur du tournoi de Golf Across The Planes aurait fière allure sur son manteau de cheminée – et ferait une superbe coupe pour boire du grog.

Fin (de cette histoire)

Mais le plaisir continue: *Bienvenue en enfer*.